孙温 绘

孙温

孙温，丰润人，生于嘉庆二十三年，即1818年，经历了嘉庆、道光、咸丰、同治、光绪等几个朝代，卒年不详，也许他一直到宣统被迫退位、中华民国成立以后才谢世。他画这套画，大约在同治六年（1867年）就开始酝酿、着手，直到光绪二十九年（1903年）才大体竣工，前后有三十六年之久，而其中大多数画幅完成于1884年至1891年这七年之间，也就是说，这位画师差不多从五十岁起一直到八十五岁，似乎把他的生命完全投入到了套画的创作中，比曹雪芹“披阅十载，增删五次”创作《红楼梦》耗费的心血还多三四倍。其绘本表现情节之详尽、笔法之精细、构图之精美、篇幅之宏大，均为清代同题材绘画作品所仅见。

| 石头记大观园全景 |

钤孙小州印

第一回

甄士隐梦幻识通灵　贾雨村风尘怀闺秀

青埂峰僧道谈顽石

钤（孙温）印

第一回

甄士隐梦幻识通灵 贾雨村风尘怀闺秀

甄士隐梦幻识通灵

钤（孙温）印

第一回

甄士隐梦幻识通灵 贾雨村风尘怀闺秀

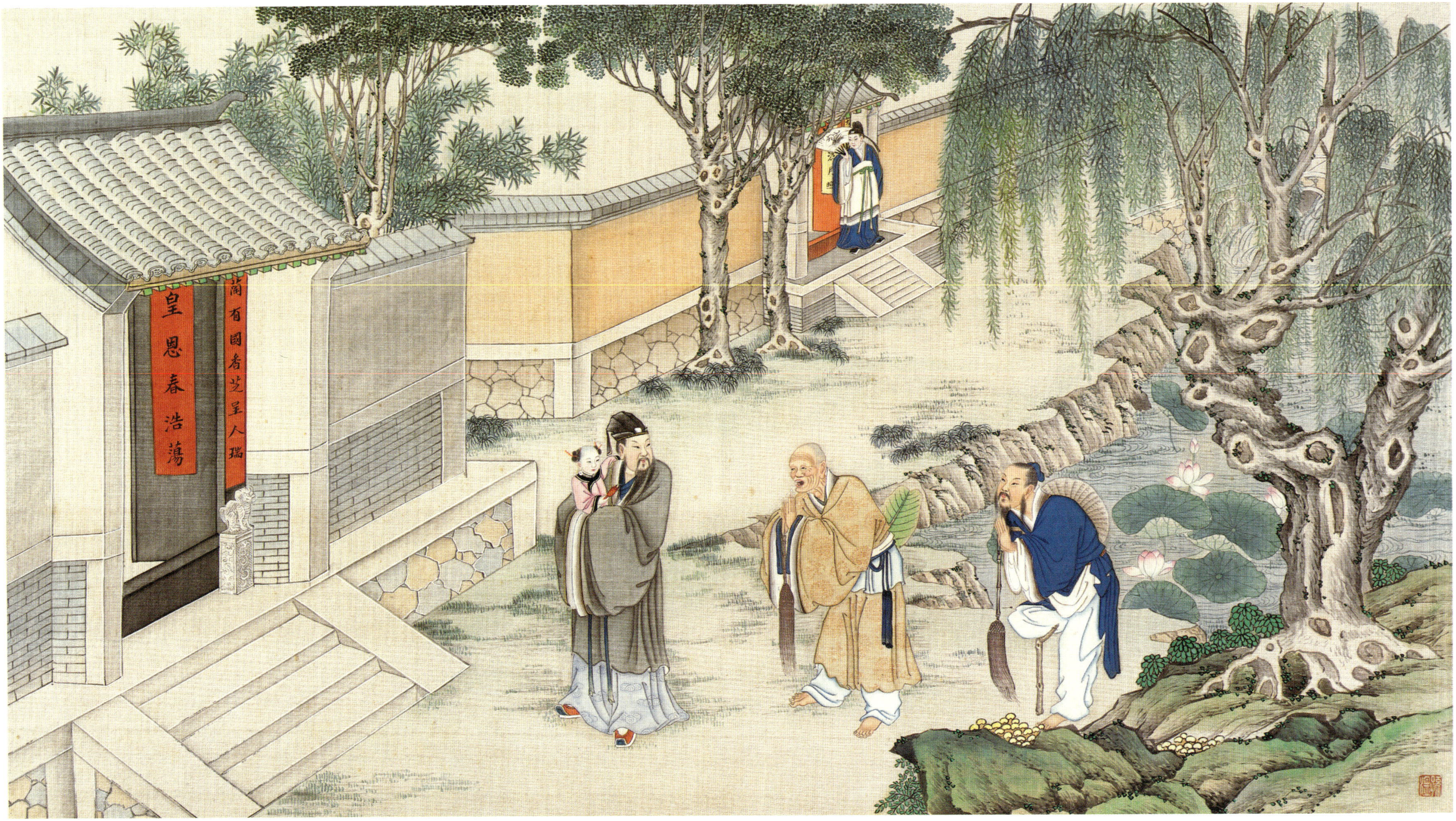

| 士隐抱英莲路遇僧道 |

钤 孙温 印

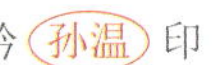

第一回

甄士隐梦幻识通灵　贾雨村风尘怀闺秀

贾雨村风尘怀闺秀

第一回

甄士隐梦幻识通灵 贾雨村风尘怀闺秀

| 看花灯士隐失英莲 |

钤润齋印

第一回

甄士隐梦幻识通灵 贾雨村风尘怀闺秀

葫芦庙失火烧甄家 甄士隐追随跛足道 美娇杏买线得奇缘

钤 润 斋 印

第二回

贾夫人仙逝扬州城 冷子兴演说荣国府

贾雨村花轿接娇杏

钤印

第二回

贾夫人仙逝扬州城 冷子兴演说荣国府

| 贾雨村教读林黛玉 |

钤润斋印

第二回

贾夫人仙逝扬州城 冷子兴演说荣国府

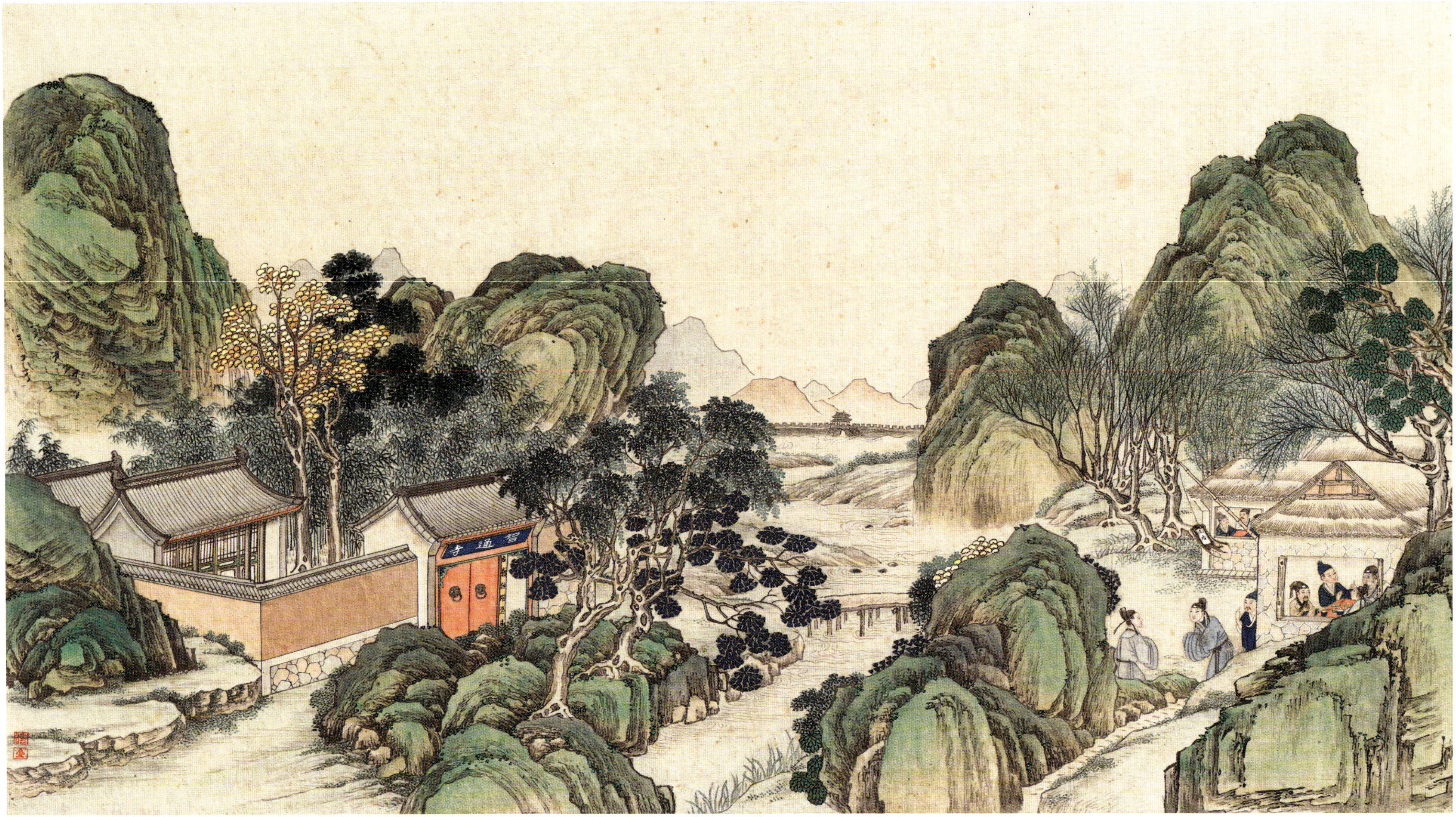

冷子兴演说荣国府

钤润斋印

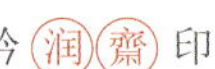

第三回

托内兄如海荐西宾 接外孙贾母惜孤女

| 贾雨村携黛玉进京 |

钤 润 斋 印

第三回

托内兄如海荐西宾 接外孙贾母惜孤女

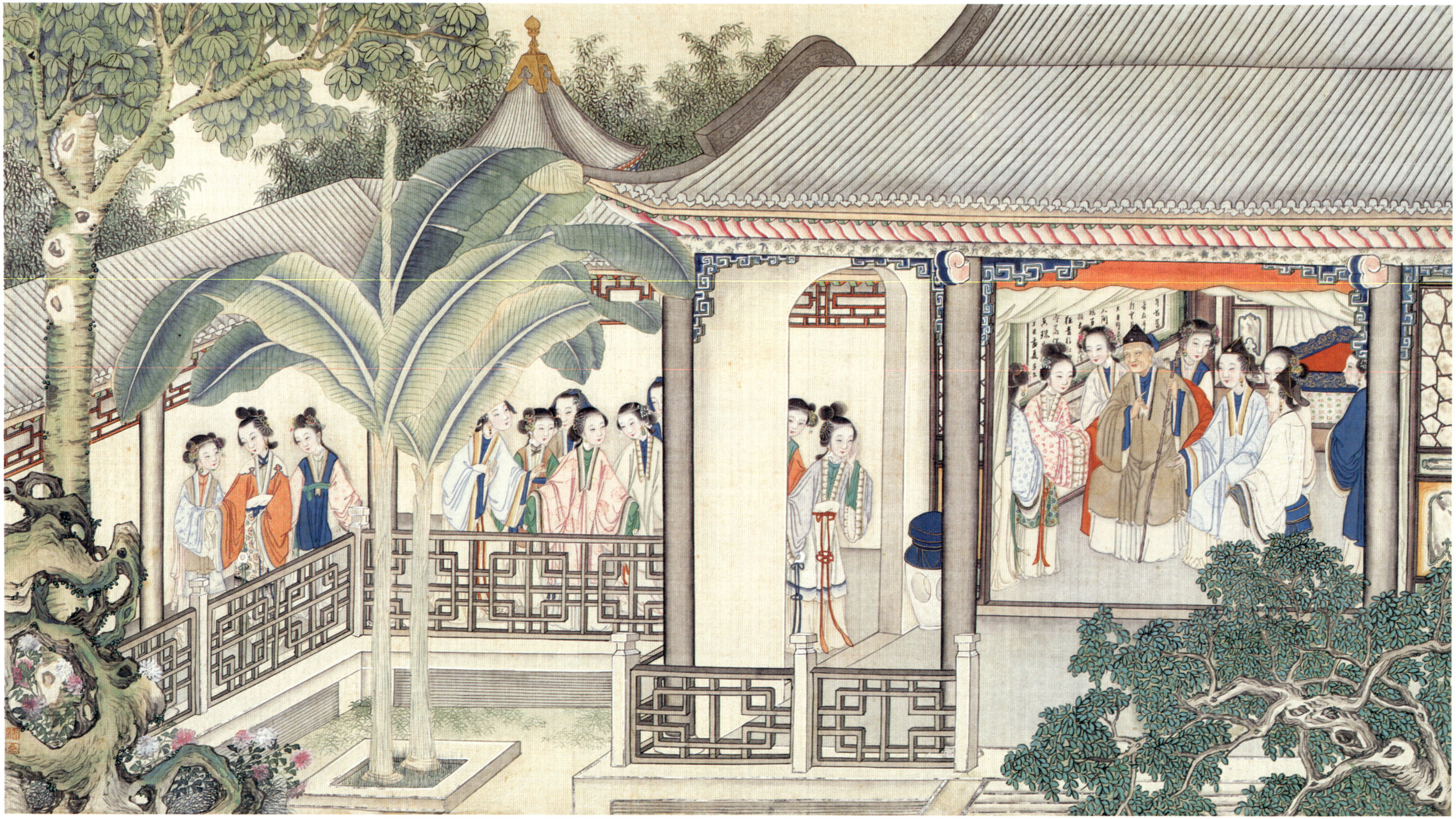

| 接外孙贾母惜孤女 |

钤润斋印

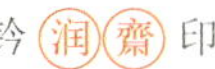

第三回

托内兄如海荐西宾 接外孙贾母惜孤女

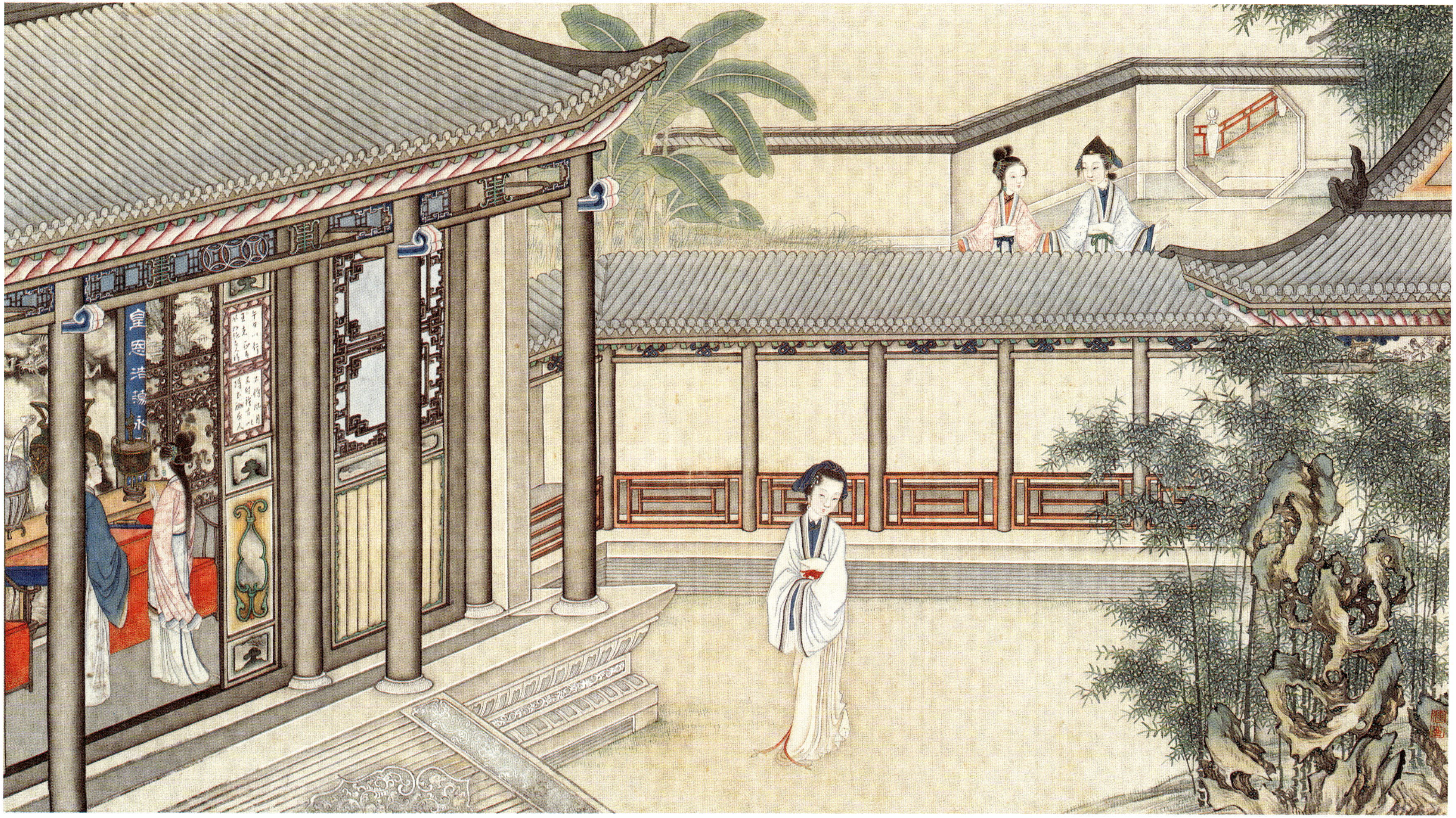

林黛玉初到荣国府

钤润齋印

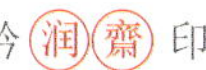

第三回

托内兄如海荐西宾 接外孙贾母惜孤女

| 贾宝玉初见林黛玉 |

钤（孙温）印

第四回

薄命女偏逢薄命郎 葫芦僧判断葫芦案

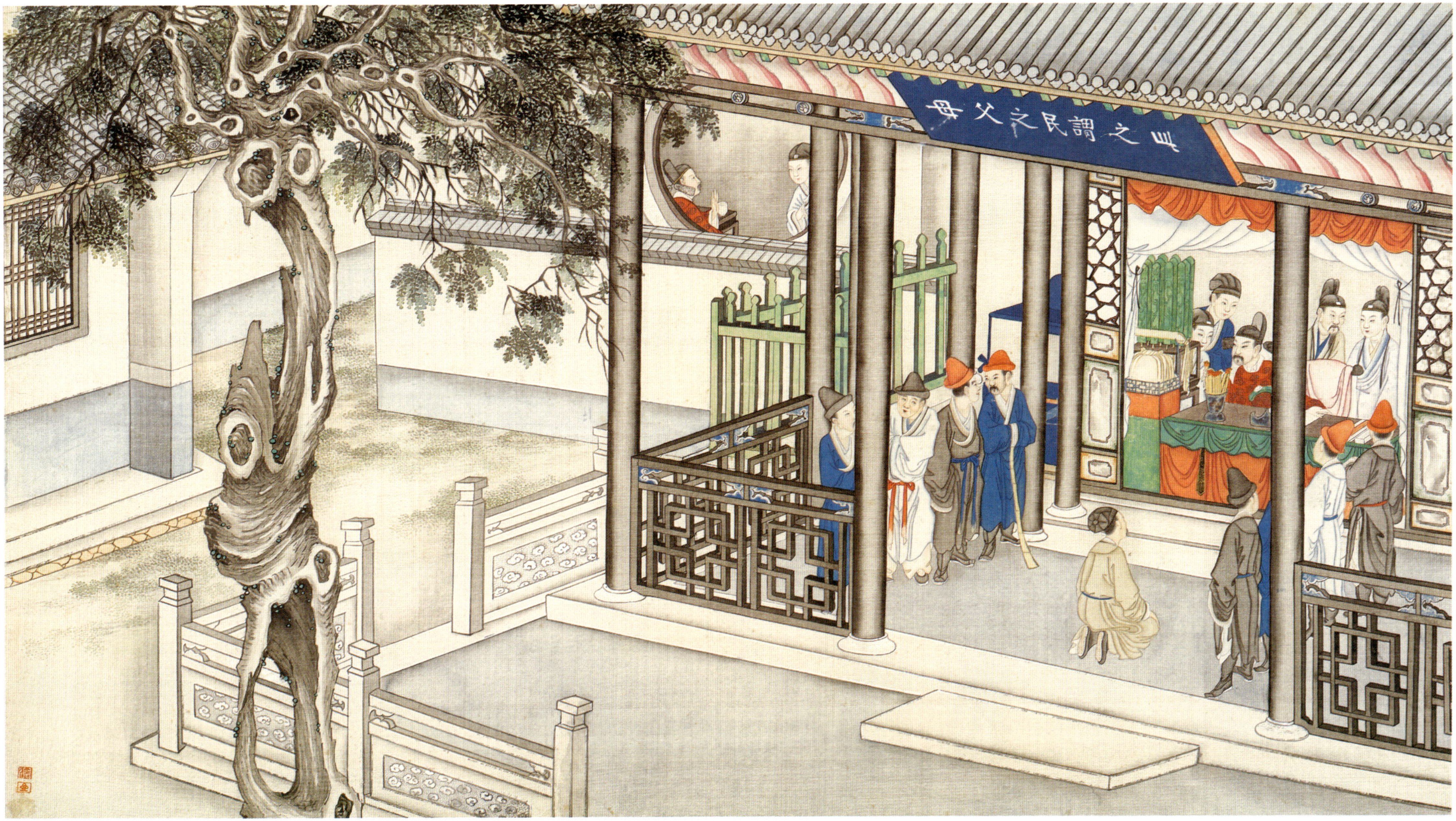

贾雨村荣任应天府 葫芦僧乱断葫芦案

钤润斋印

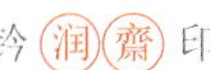

第四回

薄命女偏逢薄命郎 葫芦僧判断葫芦案

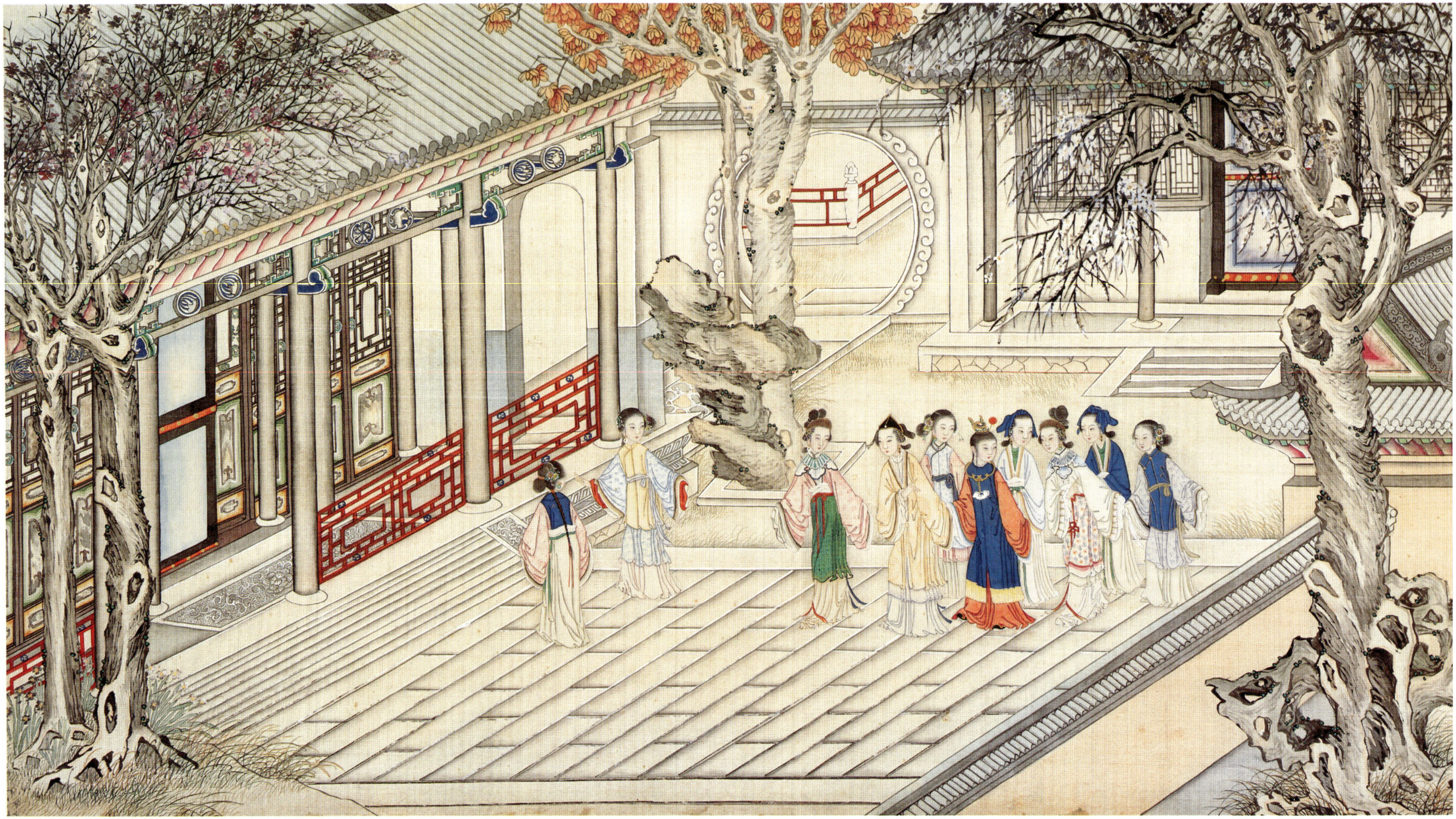

宝黛钗初聚荣国府

钤润斋印

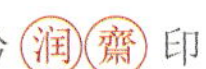

第五回
贾宝玉神游太虚境 警幻仙曲演红楼梦

| 贾宝玉神游太虚境 |

钤 润 斋 印

第五回

贾宝玉神游太虚境 警幻仙曲演红楼梦

警幻仙曲演红楼梦

钤润斋印

第六回

贾宝玉初试云雨情　刘老老一进荣国府

贾宝玉初试云雨情 刘老老投奔周瑞家

钤 润 斋 印

第六回

贾宝玉初试云雨情 刘老老一进荣国府

| 刘老老初会王熙凤 |

钤 润 斋 印

第七回

送宫花贾琏戏熙凤 宴宁府宝玉会秦钟

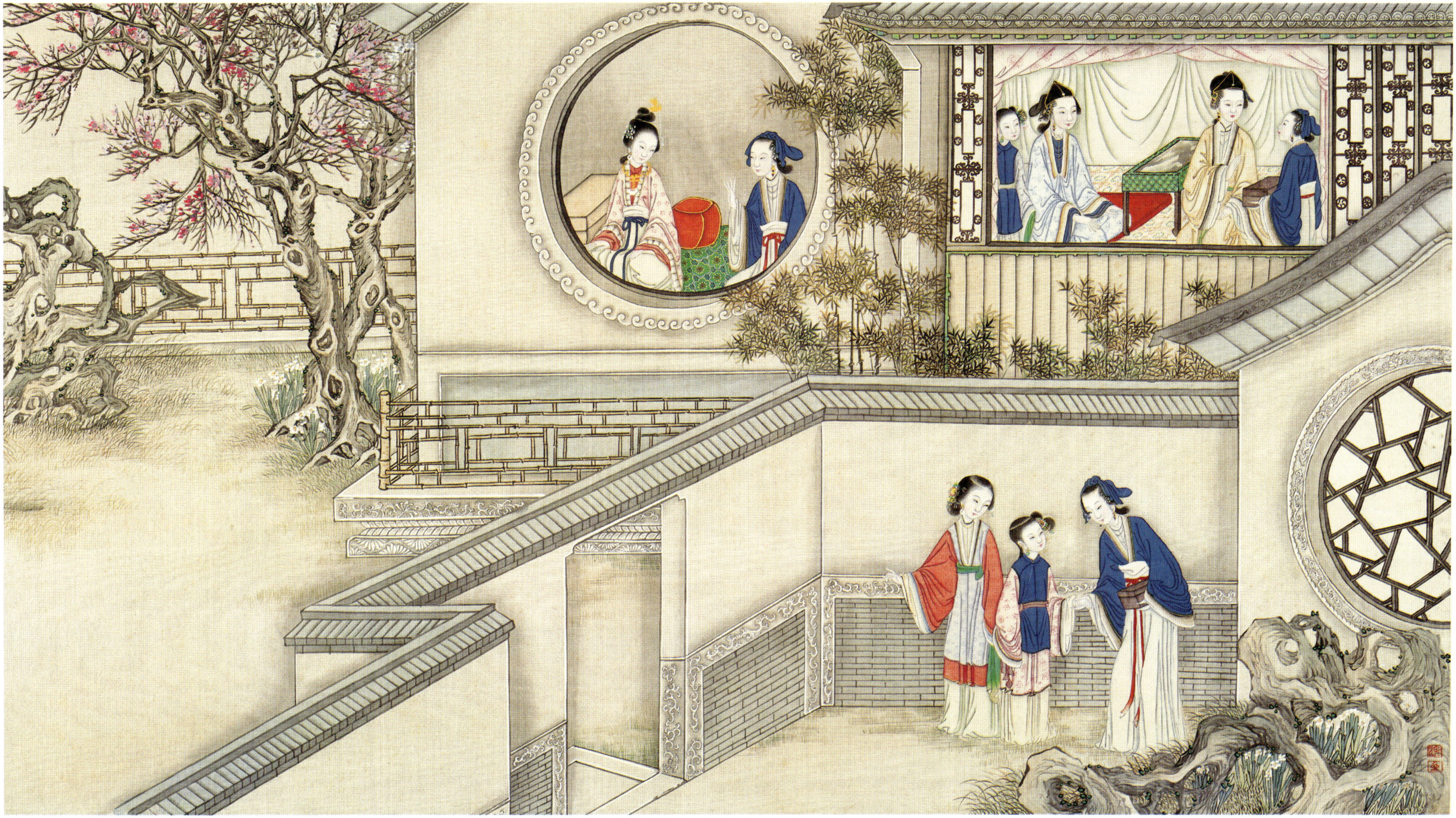

薛宝钗病谈冷香丸 瑞媳妇笑谈美香菱

钤印

第七回

送宫花贾琏戏熙凤 宴宁府宝玉会秦钟

周瑞送各姊妹宫花

钤润斋印

第七回

送宫花贾琏戏熙凤 宴宁府宝玉会秦钟

| 宴宁府宝玉会秦钟 |

钤润斋印

第七回

送宫花贾琏戏熙凤 宴宁府宝玉会秦钟

凤姐闻焦大骂宁国府

钤润斋印

第八回

贾宝玉奇缘识金锁 薛宝钗巧合认通灵

宝玉大赞贤秦钟

钤（润）（斋）印

| 贾宝玉奇缘识金锁 薛宝钗巧合认通灵 |

钤（润）（斋）印

第八回

贾宝玉奇缘识金锁 薛宝钗巧合认通灵

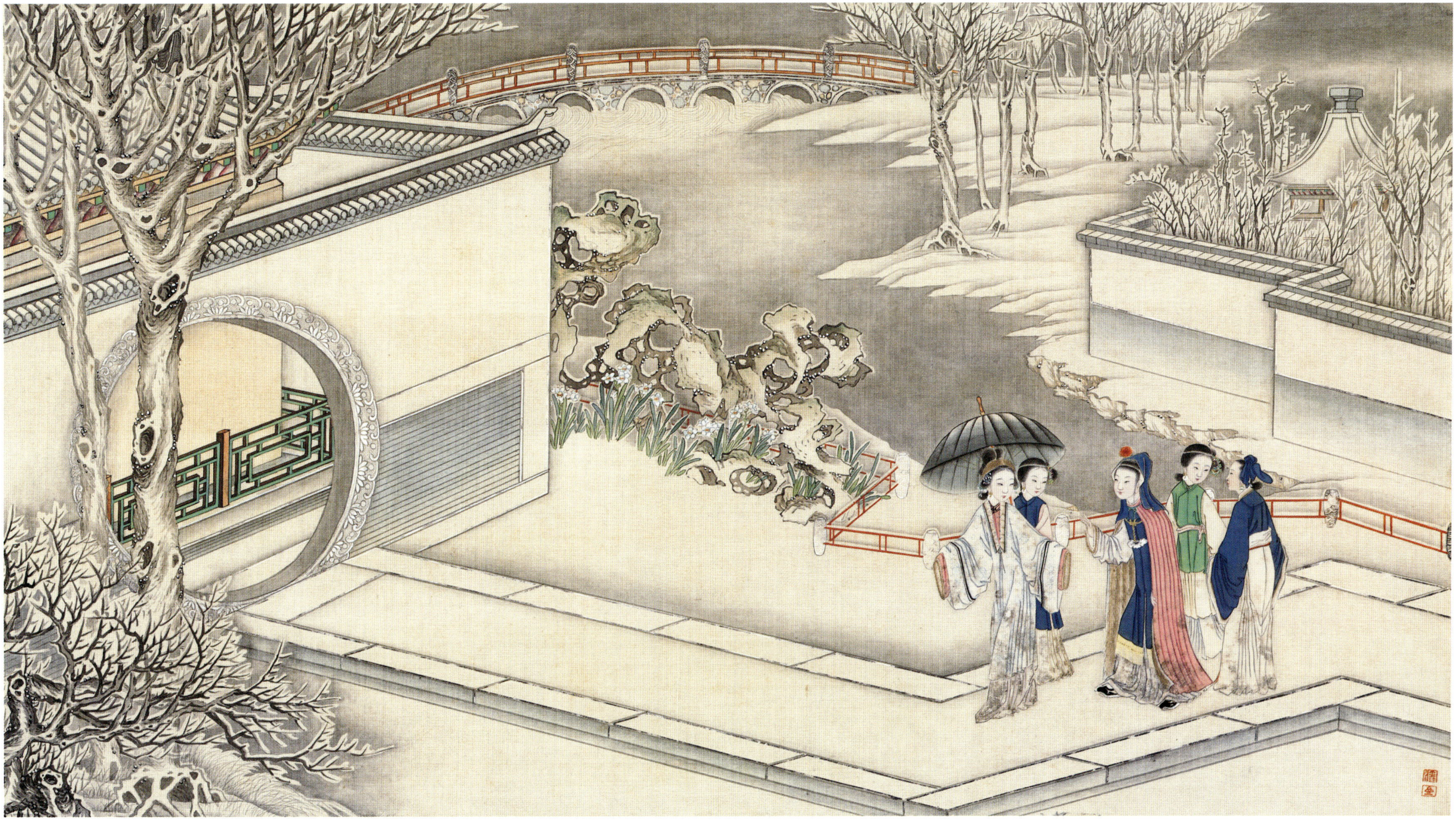

宝黛兄妹告别同返

钤 润 斋 印

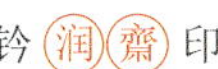

第八回

贾宝玉奇缘识金锁 薛宝钗巧合认通灵

晴雯笑贴绛芸轩匾 宝玉领秦钟拜贾母

钤润斋印

第九回

训劣子李贵承申饬 嗔顽童茗烟闹书房

| 训劣子李贵承申饬 贾宝玉上学别黛玉 |

钤 润 齋 印

第九回

训劣子李贵承申饬 嗔顽童茗烟闹书房

嗔顽童茗烟闹书房

钤润齋印

第十回

金寡妇贪利权受辱 张太医论病细穷源

| 金寡妇贪利权受辱 张太医论病细穷源 |

铃 孙温 印

第十一回

庆寿辰宁府排家宴 见熙凤贾瑞起淫心

| 王熙凤探望秦可卿 见熙凤贾瑞起淫心 |

铃 孙温 印

第十二回

王熙凤毒设相思局 贾天祥正照风月鉴

| 王熙凤毒设相思局 贾天祥正照风月鉴 |

钤 孙温 印

第十三回

秦可卿死封龙禁尉 王熙凤协理宁国府

王熙凤梦会秦可卿

钤 孙温 印

第十三回

秦可卿死封龙禁尉 王熙凤协理宁国府

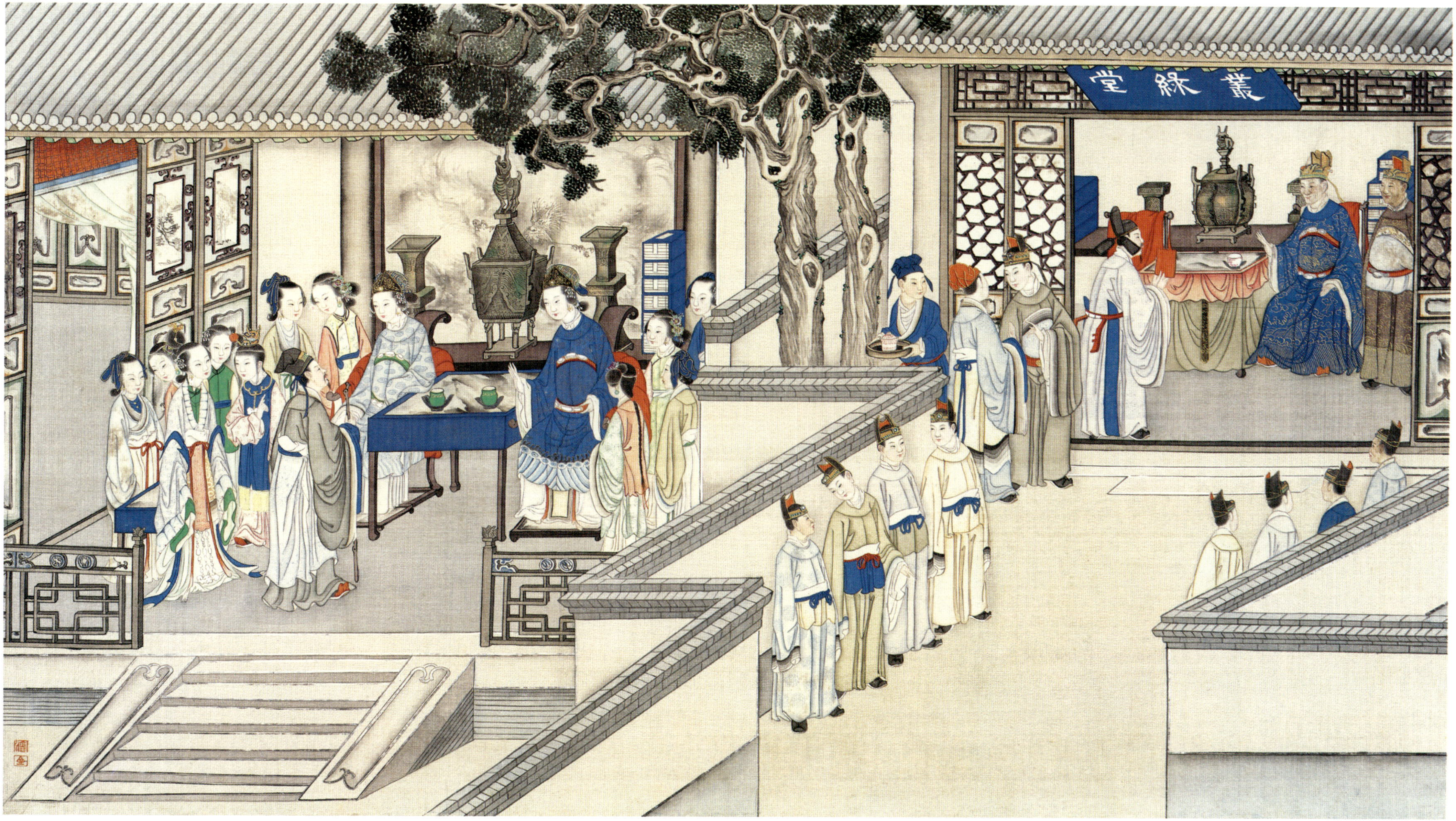

| 秦可卿死封龙禁尉 |

钤 润 斋 印

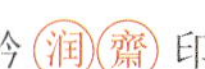

第十三回

秦可卿死封龙禁尉 王熙凤协理宁国府

| 王熙凤协理宁国府 |

钤 润 齋 印

第十四回

林如海灵返苏州郡 贾宝玉路谒北静王

宁国府秦可卿大丧 贾宝玉路谒北静王

钤〔润〕〔斋〕印

第十五回

王凤姐弄权铁槛寺 秦鲸卿得趣馒头庵

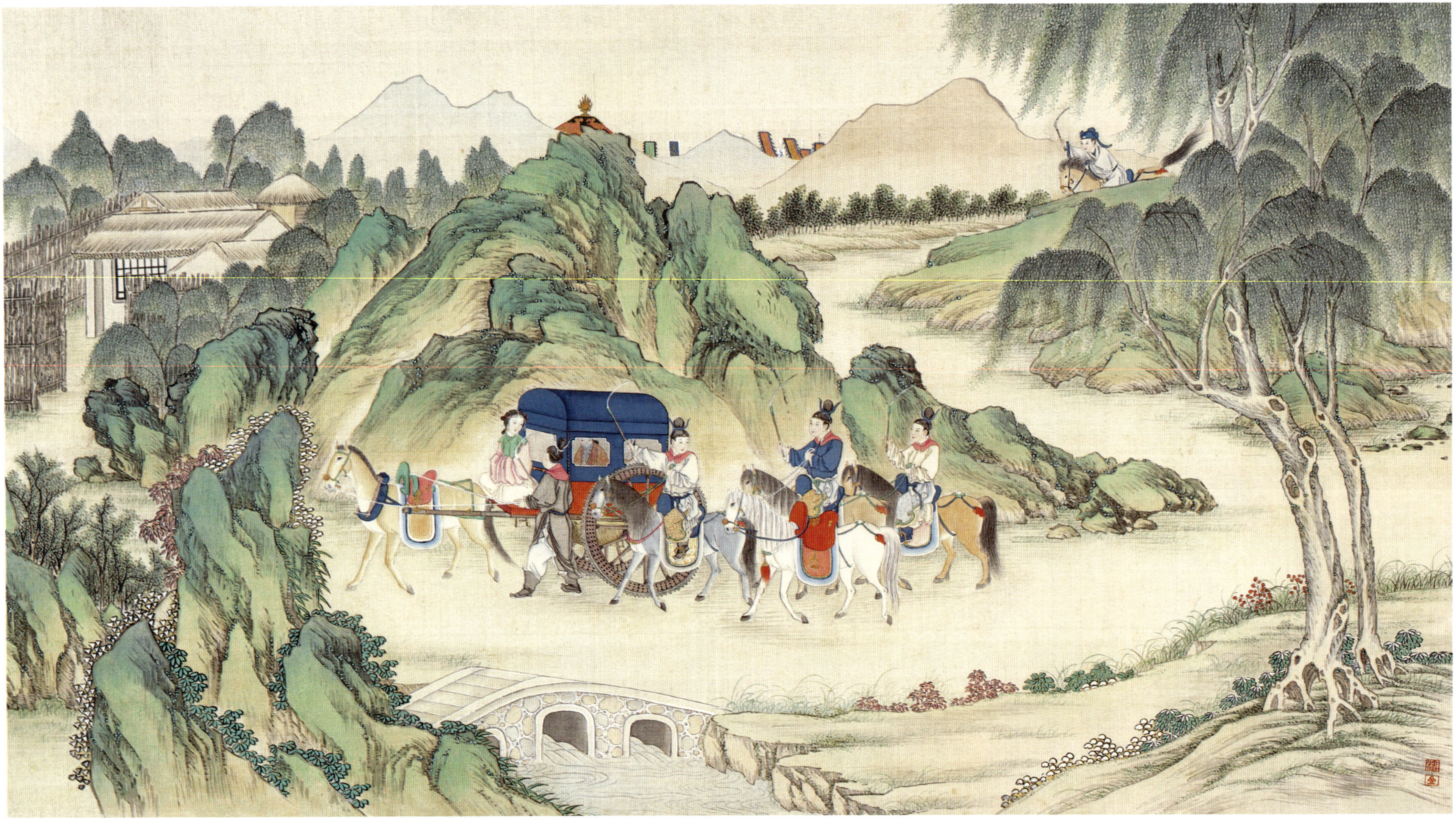

宝凤同乘奔铁槛寺 贾宝玉途遇秦鲸卿

钤 润 斋 印

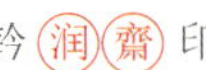

第十五回

王凤姐弄权铁槛寺 秦鲸卿得趣馒头庵

| 王熙凤更衣遇村姑 |

钤润斋印

第十五回

王凤姐弄权铁槛寺 秦鲸卿得趣馒头庵

| 铁槛寺众僧迎灵柩 |

铃 孙温 印

第十五回

王凤姐弄权铁槛寺 秦鲸卿得趣馒头庵

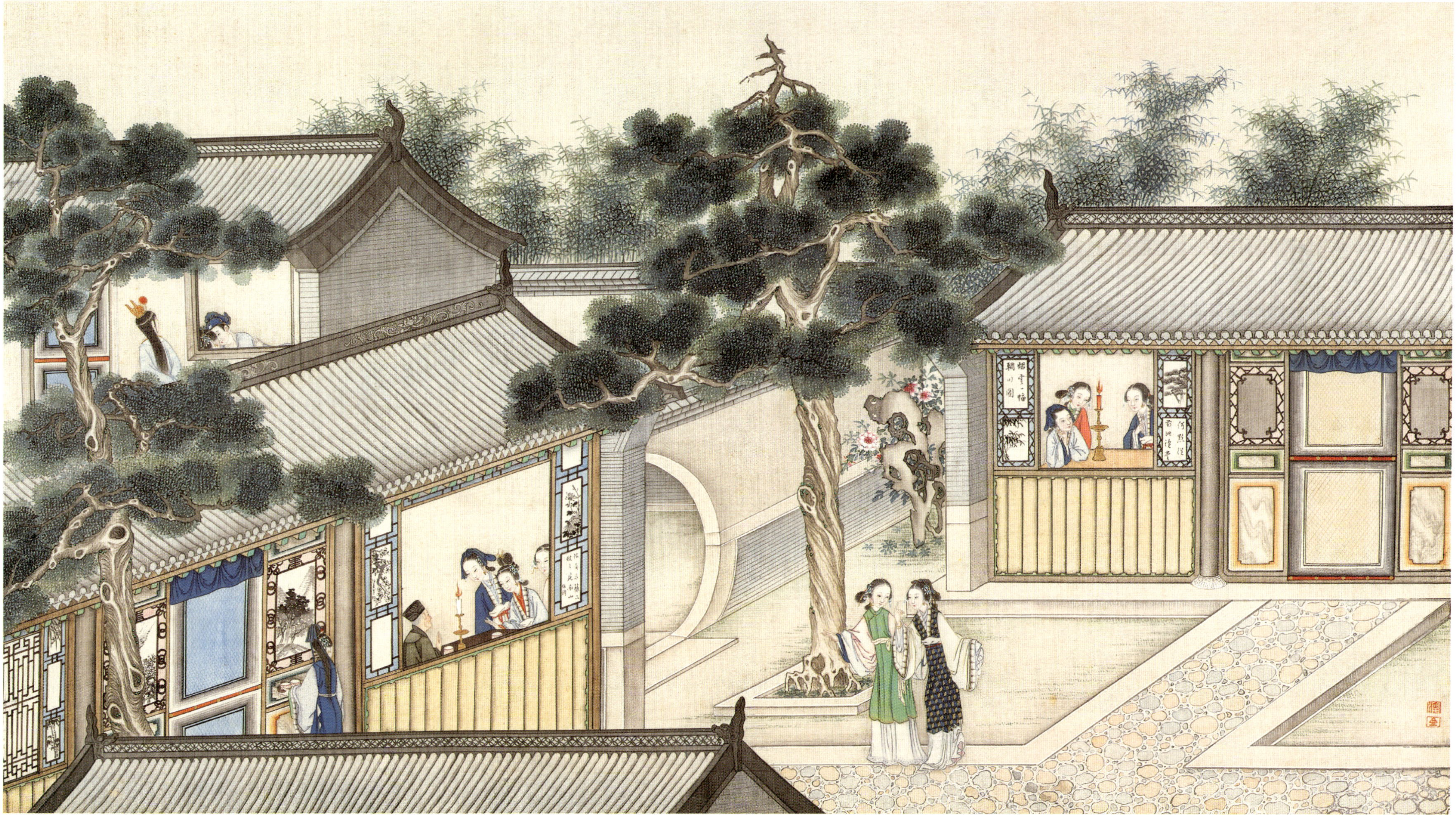

王熙凤弄权铁槛寺 秦鲸卿得趣馒头庵

钤润斋印

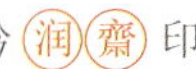

第十六回

贾元春才选凤藻宫 秦鲸卿夭逝黄泉路

贾元春才选凤藻宫

钤 润 斋 印

第十六回

贾元春才选凤藻宫 秦鲸卿夭逝黄泉路

| 秦鲸卿夭逝黄泉路 |

钤 孙温 印

第十七回

大观园试才题对额 荣国府归省庆元宵

| 贾政游大观园景一 |

铃 孙温 印

第十七回

大观园试才题对额 荣国府归省庆元宵

| 贾政游大观园景二 |

钤 润 齋 印

第十七回

大观园试才题对额 荣国府归省庆元宵

贾政游大观园景三

铃 润 斋 印

第十七回

大观园试才题对额 荣国府归省庆元宵

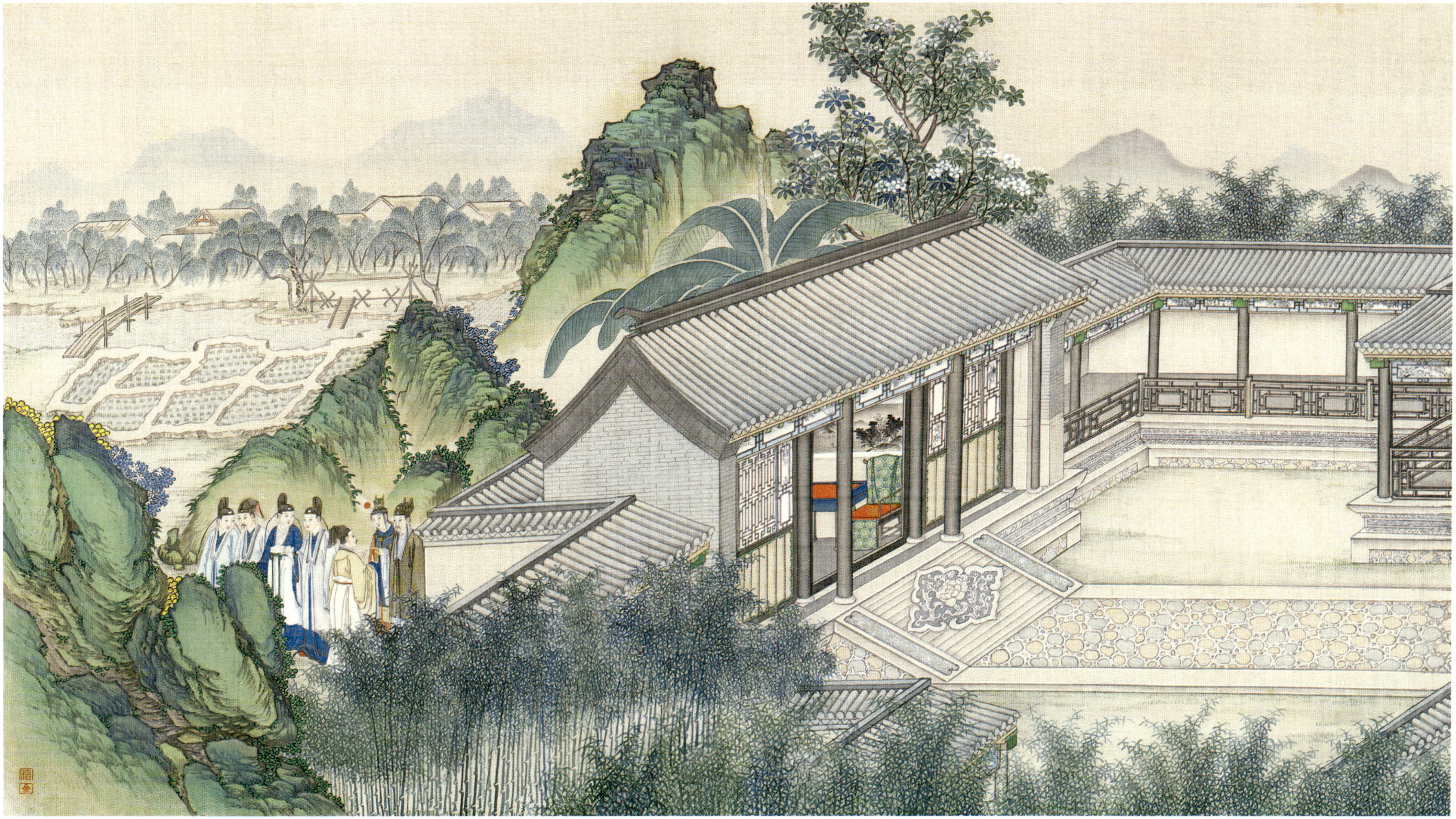

贾政游大观园景四

钤 润 齋 印

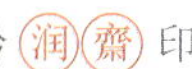

贾政游大观园景五

钤印

第十七回

大观园试才题对额 荣国府归省庆元宵

| 贾政游大观园景六 |

钤润齋印

第十七回
大观园试才题对额 荣国府归省庆元宵

贾政游大观园景七

钤 润 齋 印

第十七回

大观园试才题对额 荣国府归省庆元宵

| 贾政游大观园景八 |

钤（孙温）印

第十七回

大观园试才题对额 荣国府归省庆元宵

贾政游大观园景九

铃 润 斋 印

第十七回

大观园试才题对额 荣国府归省庆元宵

贾政游大观园景十

钤（孙温）印

第十七回
大观园试才题对额 荣国府归省庆元宵

| 贾政游大观园景十一 |

钤（润）（斋）印

第十七回

大观园试才题对额 荣国府归省庆元宵

贾政携众同归书房

铃 润斋 印

第十七回

大观园试才题对额 荣国府归省庆元宵

| 贾政游大观园景十二 |

钤 润 斋 印

第十七回

大观园试才题对额 荣国府归省庆元宵

| 贾政游大观园景十三 |

钤 润 齋 印

第十八回

皇恩重元妃省父母 天伦乐宝玉呈才藻

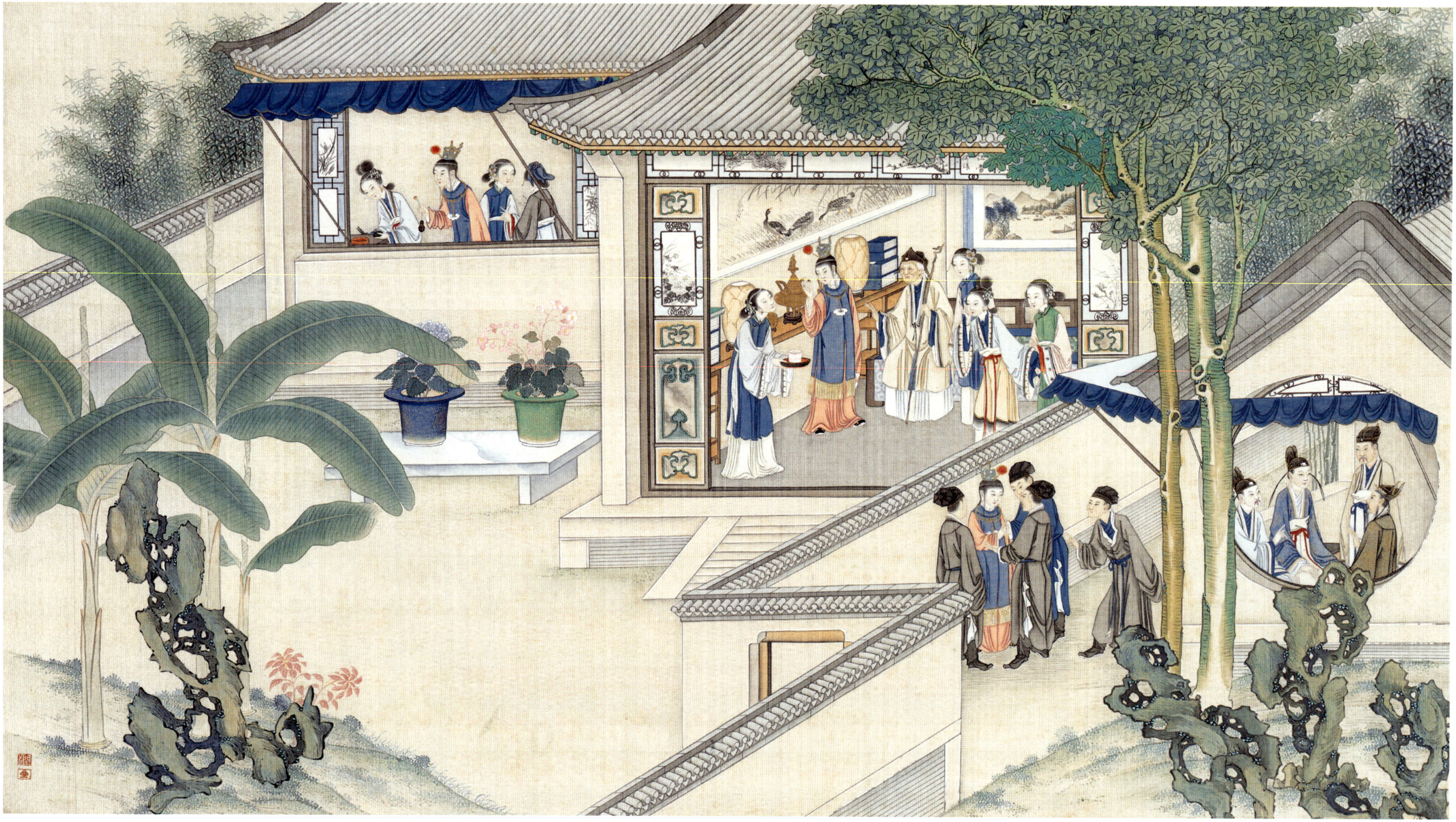

因得彩宝玉赏小厮 林黛玉莽撞毁绞袋

钤印

第十八回

皇恩重元妃省父母 天伦乐宝玉呈才藻

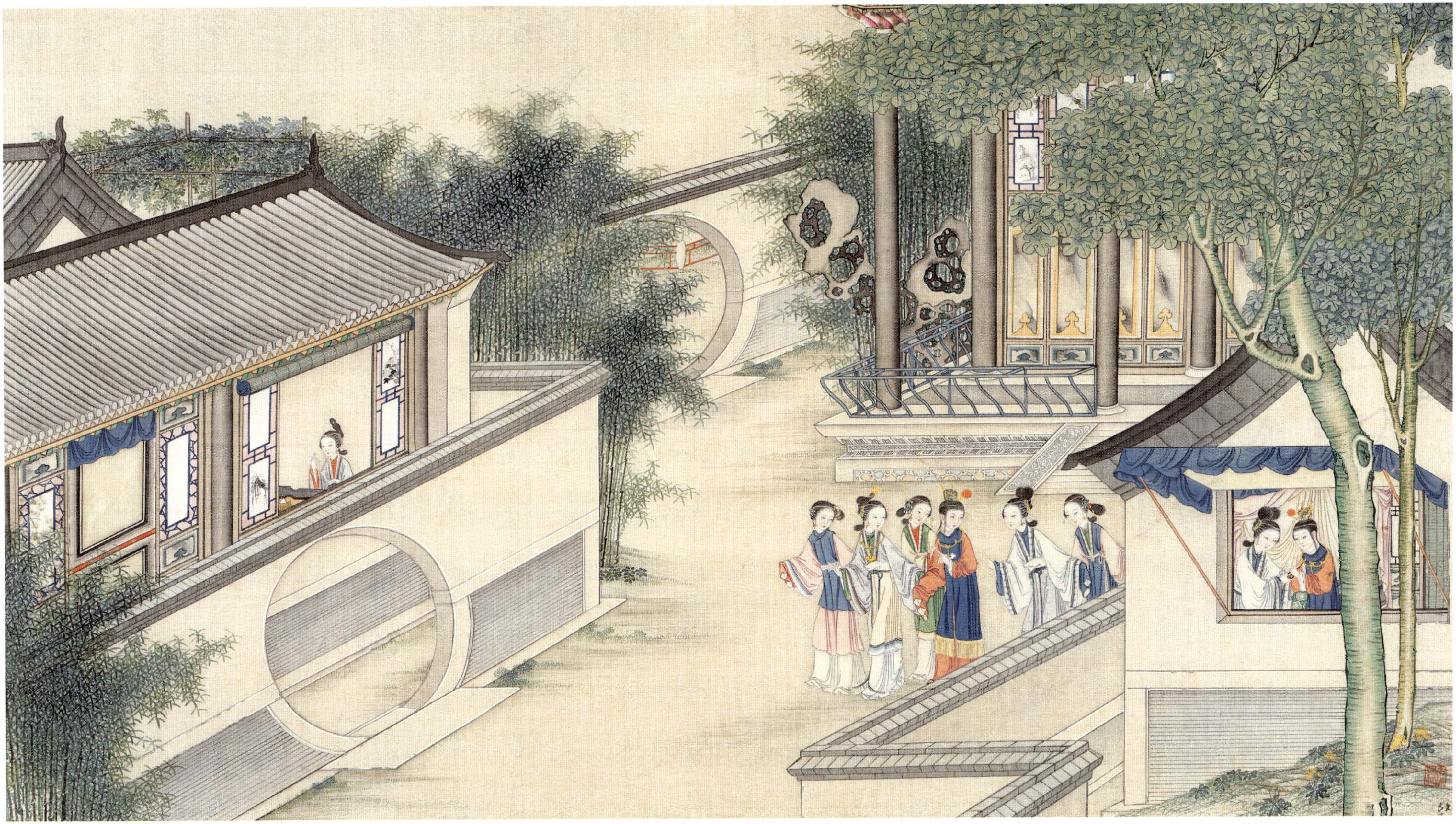

| 宝黛拌嘴同往上房 |

钤（孙温）印

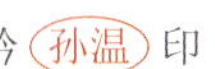

第十八回

皇恩重元妃省父母 天伦乐宝玉呈才藻

| 元贵妃省亲庆元宵 |

钤 孙温 印

第十八回

皇恩重元妃省父母 天伦乐宝玉呈才藻

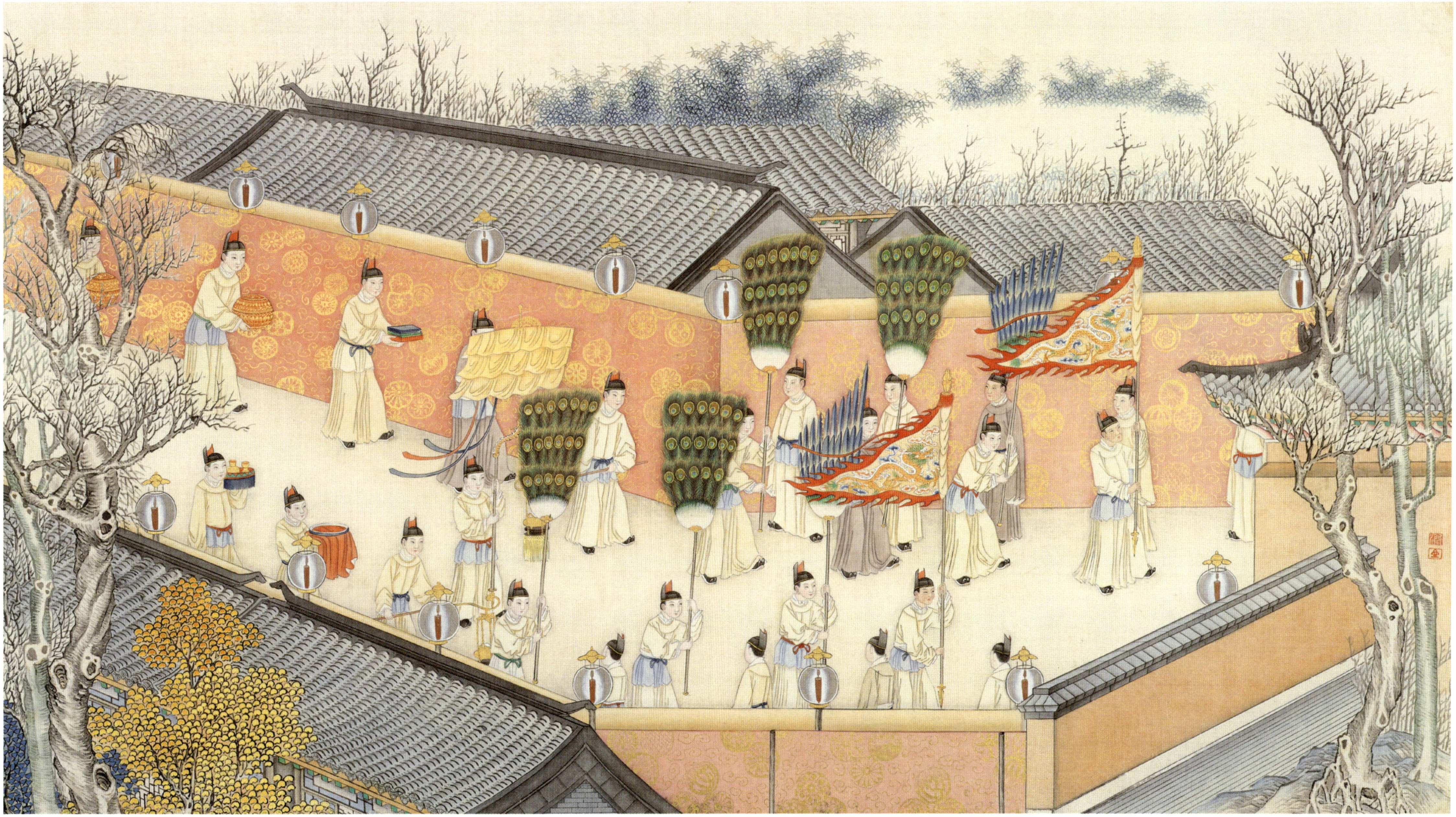

| 贵妃省亲沿途静候 |

钤印

第十八回
皇恩重元妃省父母 天伦乐宝玉呈才藻

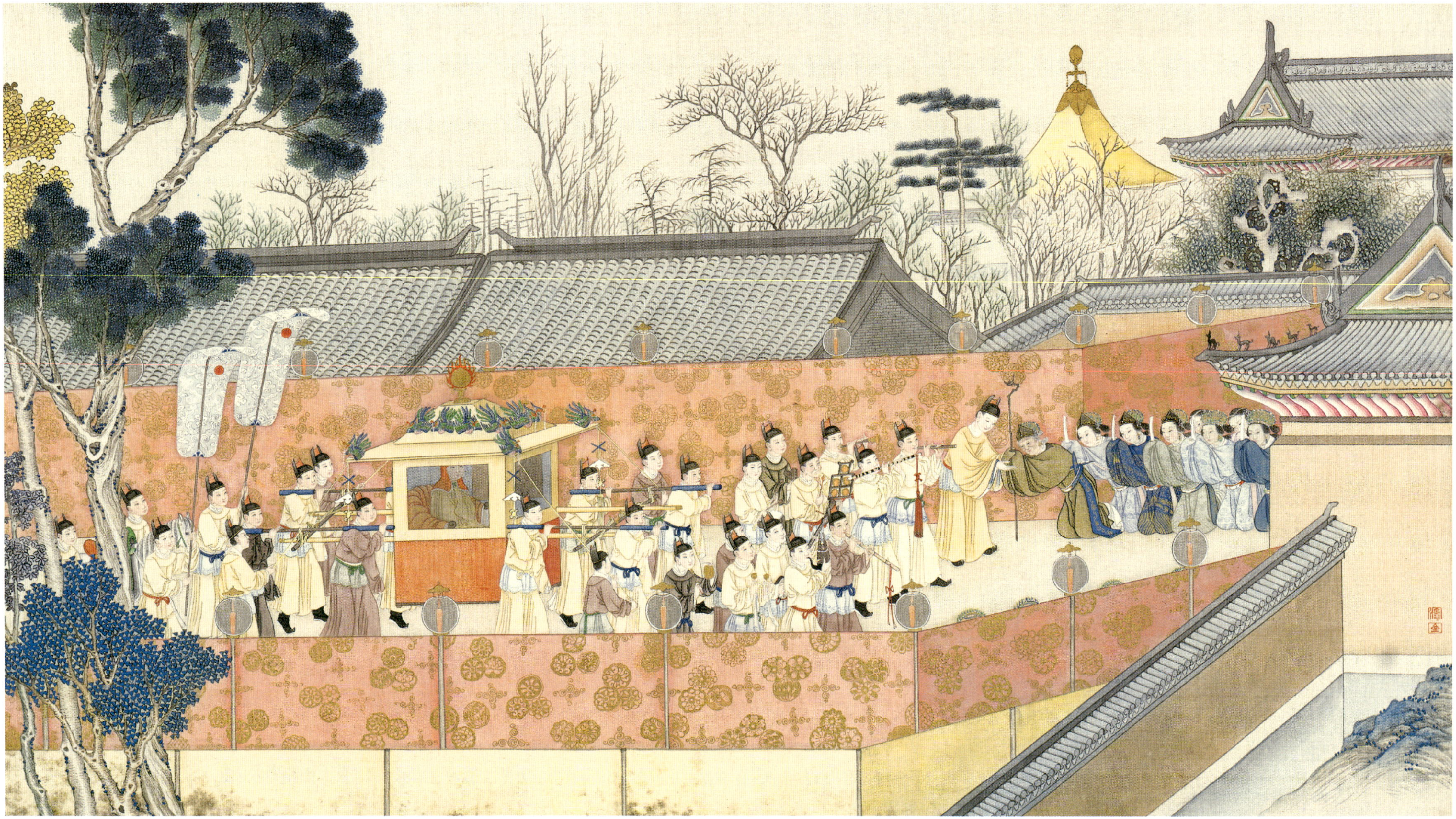

| 府门迎接贵妃归省 |

钤润斋印

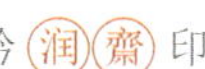

第十八回

皇恩重元妃省父母 天伦乐宝玉呈才藻

| 坐龙舟游玩大观园 |

钤（孙温）印

第十八回

皇恩重元妃省父母 天伦乐宝玉呈才藻

贵妃筵宴题大观园 天伦乐宝玉呈才藻

钤 孙温 印

第十九回

情切切良宵花解语 意绵绵静日玉生香

| 情切切良宵花解语 |

钤润齋印

第二十回

王熙凤正言弹妒意 林黛玉俏语谑娇音

王熙凤正言弹妒意

钤润斋印

第二十一回

贤袭人娇嗔箴宝玉 俏平儿软语救贾琏

| 贤袭人娇嗔箴宝玉 俏平儿软语救贾琏 |

钤 润 齋 印

第二十二回

听曲文宝玉悟禅机 制灯谜贾政悲谶语

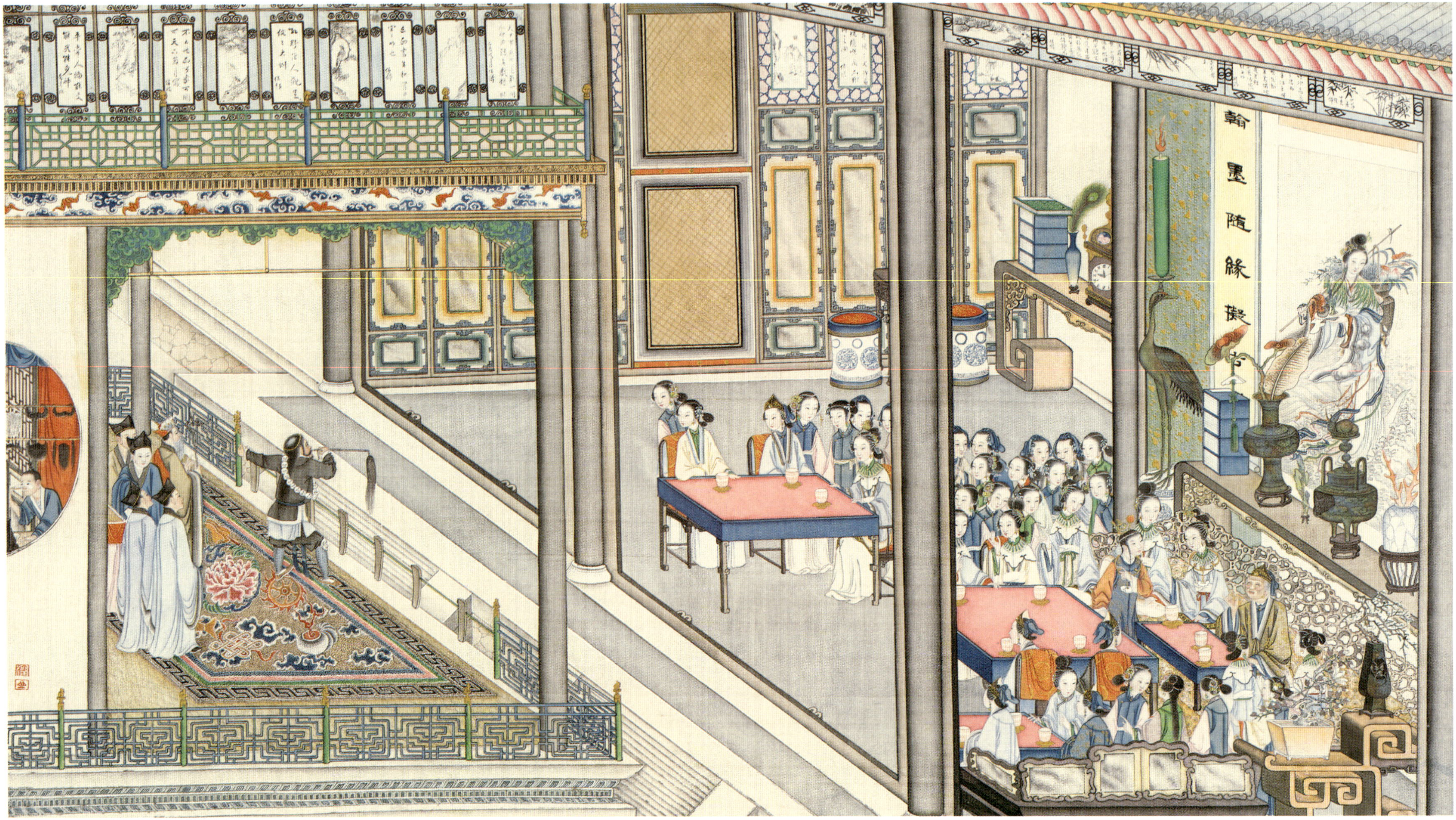

薛宝钗荣府做生辰 听曲文宝玉悟禅机

钤润斋印

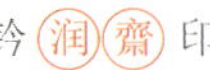

第二十二回

听曲文宝玉悟禅机 制灯谜贾政悲谶语

语言中调笑林黛玉 黛玉批偈语解宝玉

钤润斋印

第二十二回

听曲文宝玉悟禅机 制灯谜贾政悲谶语

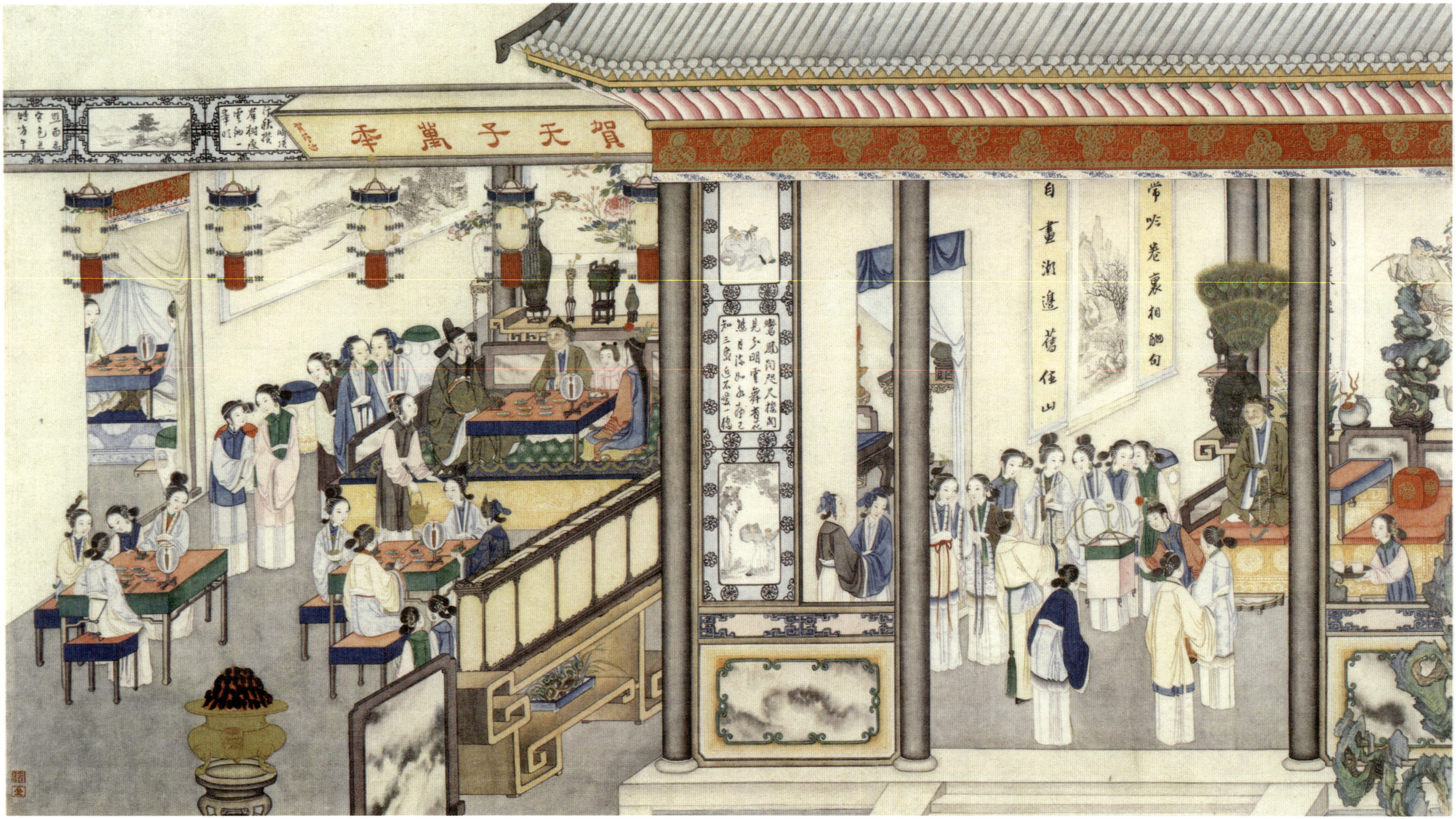

| 制灯谜贾政悲谶语 |

钤 润 齋 印

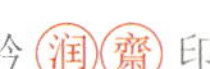

第二十三回

西厢记妙词通戏语 牡丹亭艳曲警芳心

众姊妹进住大观园 西厢记妙词通戏语

铃润斋印

第二十四回

醉金刚轻财尚义侠 痴女儿遗帕惹相思

| 林黛玉暇游听悲曲 贾宝玉问病至宁府 醉金刚轻财尚义侠 痴女儿遗帕惹相思 |

钤润斋印

第二十五回

魇魔法叔嫂逢五鬼 通灵玉蒙蔽遇双真

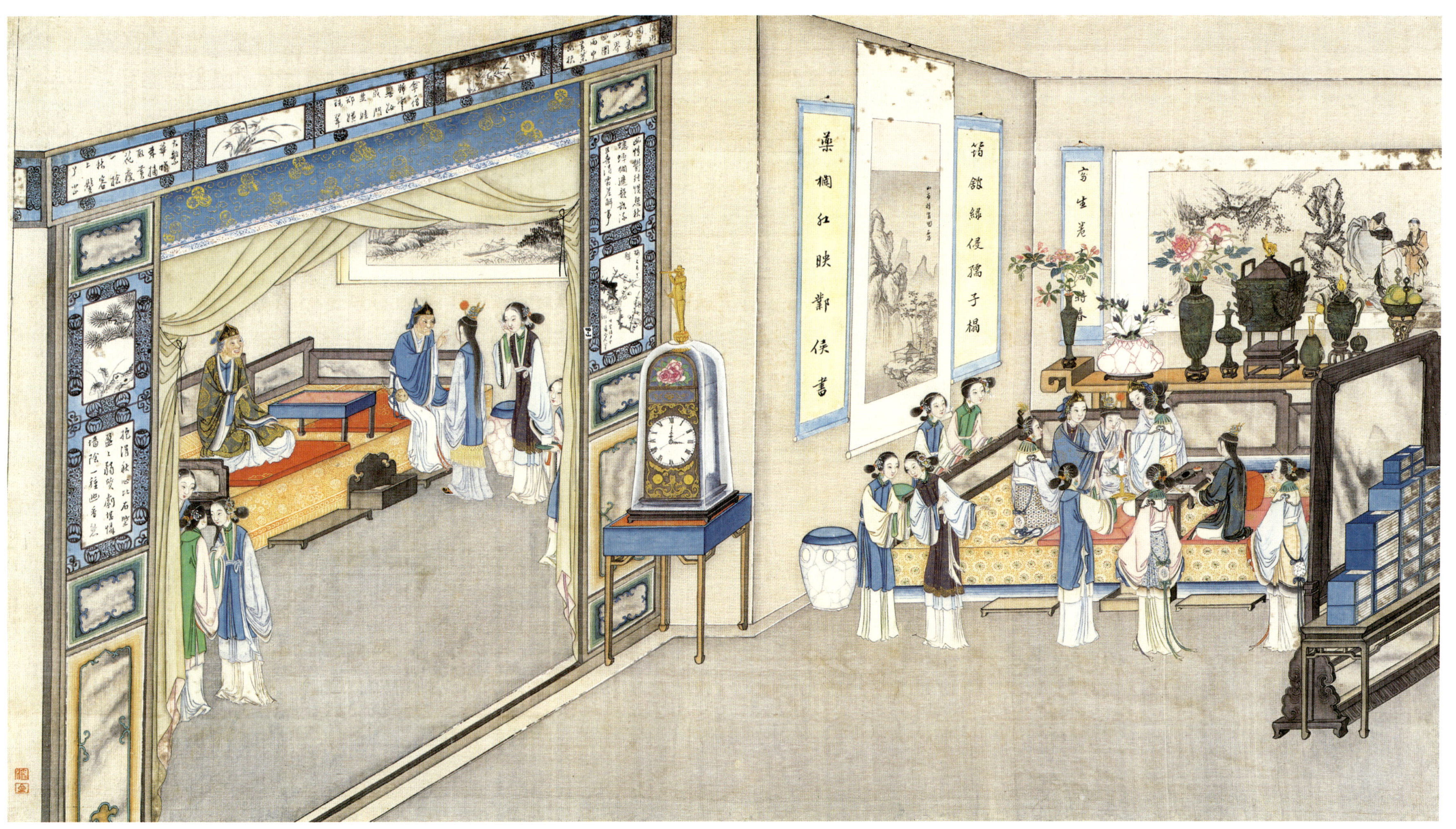

| 赵姨娘问计马道婆 戏彩霞贾环烫宝玉 |

钤润斋印

第二十五回

魇魔法叔嫂逢五鬼 通灵玉蒙蔽遇双真

魇魔法叔嫂逢五鬼 通灵玉蒙敝遇双真

钤润斋印

第二十六回

蜂腰桥设言传心事 潇湘馆春困发幽情

蜂腰桥设言传心事

钤 润 斋 印

第二十六回

蜂腰桥设言传心事 潇湘馆春困发幽情

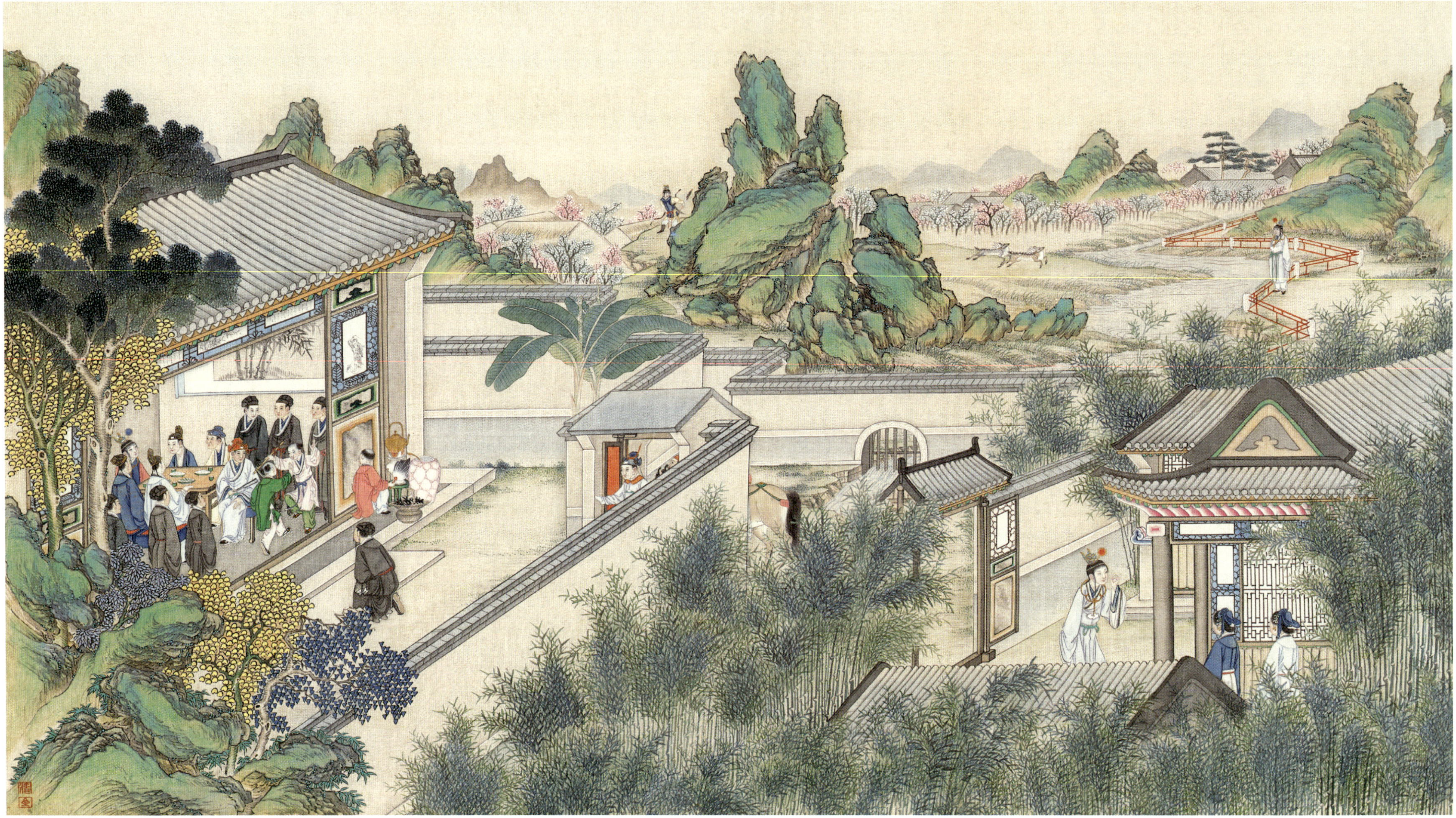

潇湘馆春困发幽情 诓宝玉薛蟠做生辰

钤印

第二十七回

滴翠亭杨妃戏彩蝶 埋香冢飞燕泣残红

| 滴翠亭杨妃戏彩蝶 |

钤润斋印

第二十七回

滴翠亭杨妃戏彩蝶 埋香冢飞燕泣残红

埋香冢飞燕泣残红 花园中暇游观鹤舞

钤润斋印

第二十八回
蒋玉函情赠茜香罗 薛宝钗羞笼红麝串

| 贾宝玉说奇方药丸 林黛玉裁衣谈笑语 |

钤 润 斋 印

第二十八回

蒋玉函情赠茜香罗 薛宝钗羞笼红麝串

| 蒋玉函情赠茜香罗 |

铃 润 斋 印

第二十九回

享福人福深还祷福 多情女情重愈斟情

史太君拈香清虚观

钤 润 斋 印

第二十九回

享福人福深还祷福 多情女情重愈斟情

清虚观张道士迎接

钤润斋印

第二十九回

享福人福深还祷福 多情女情重愈斟情

| 贾母亲包庇小道士 享福人福深还祷福 |

钤（润）（斋）印

第二十九回

享福人福深还祷福 多情女情重愈斟情

张道士观玉送麒麟

钤润斋印

第二十九回

享福人福深还祷福 多情女情重愈斟情

多情女情重愈斟情 贾宝玉戏语金钏儿

钤润斋印

第三十回

宝钗借扇机带双敲 椿龄画蔷痴及局外

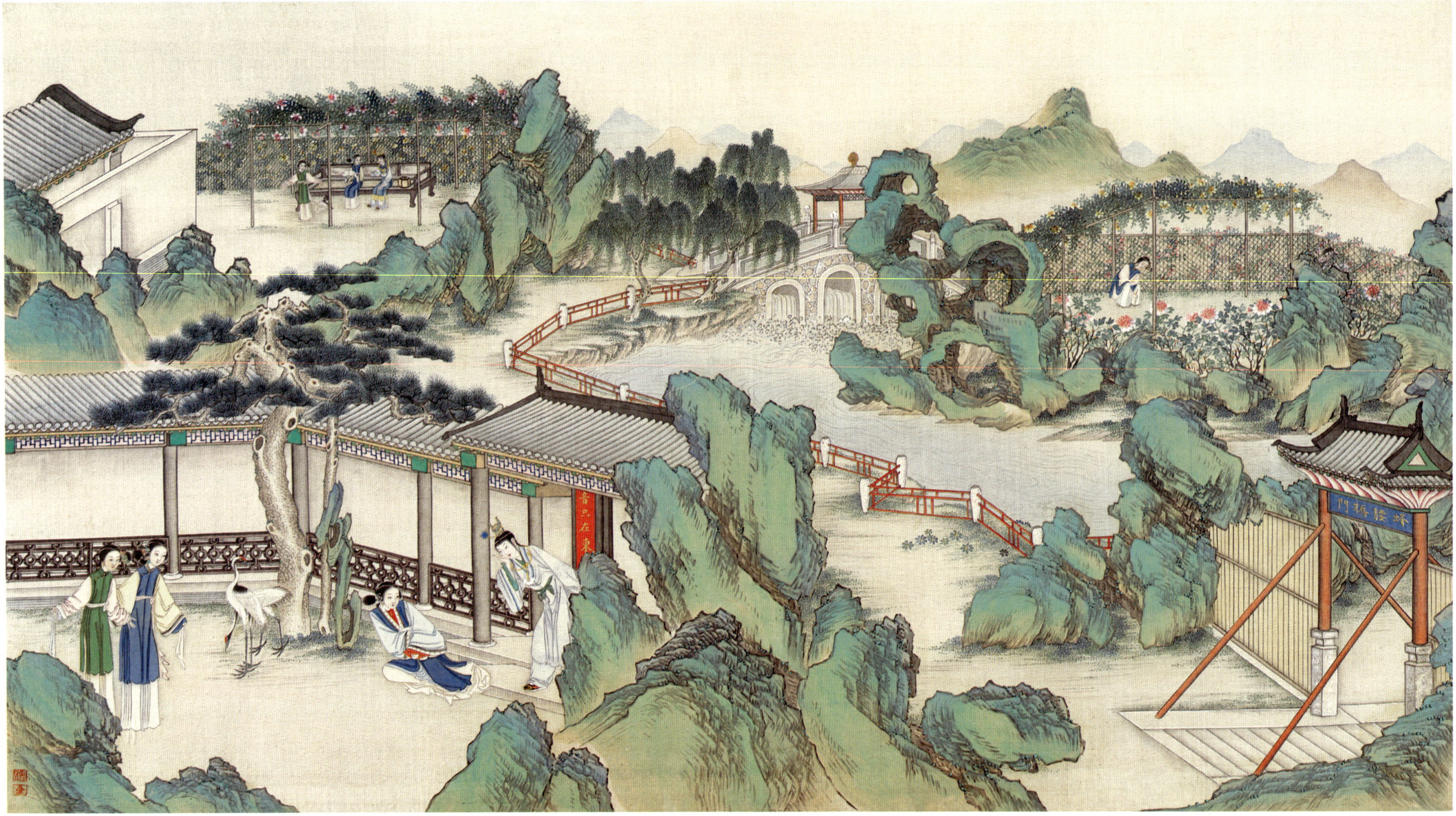

椿龄画蔷痴及局外 心思踢人错踢袭人

钤印

第三十一回

撕扇子作千金一笑 因麒麟伏白首双星

| 史湘云翠缕论阴阳 因麒麟伏白首双星 诉肺腑心迷贾宝玉 |

钤润齋印

第三十三回

手足眈眈小动唇舌 不肖种种大承笞挞

不肖种种大承笞挞

钤 孙温 印

第三十四回

情中情因情感妹妹 错里错以错劝哥哥

| 情中情因情感妹妹 错里错以错劝哥哥 |

钤（孙温）印

第三十五回

白玉钏亲尝莲叶羹 黄金莺巧结梅花络

| 白玉钏亲尝莲叶羹 黄金莺巧结梅花络 |

钤 润 斋 印

第三十七回
秋爽斋偶结海棠社 蘅芜院夜拟菊花题

| 贾芸寄书送花宝玉 秋爽斋偶结海棠社 |

钤润齋印

第三十七回

秋爽斋偶结海棠社 蘅芜院夜拟菊花题

| 蘅芜苑夜拟菊花题 藕香榭开宴吃螃蟹 |

钤润斋印

第三十八回

林潇湘魁夺菊花诗 薛蘅芜讽和螃蟹咏

林潇湘魁夺菊花诗 薛蘅芜讽和螃蟹咏

钤润斋印

第三十九回

村老老是信口开河 情哥哥偏寻根究底

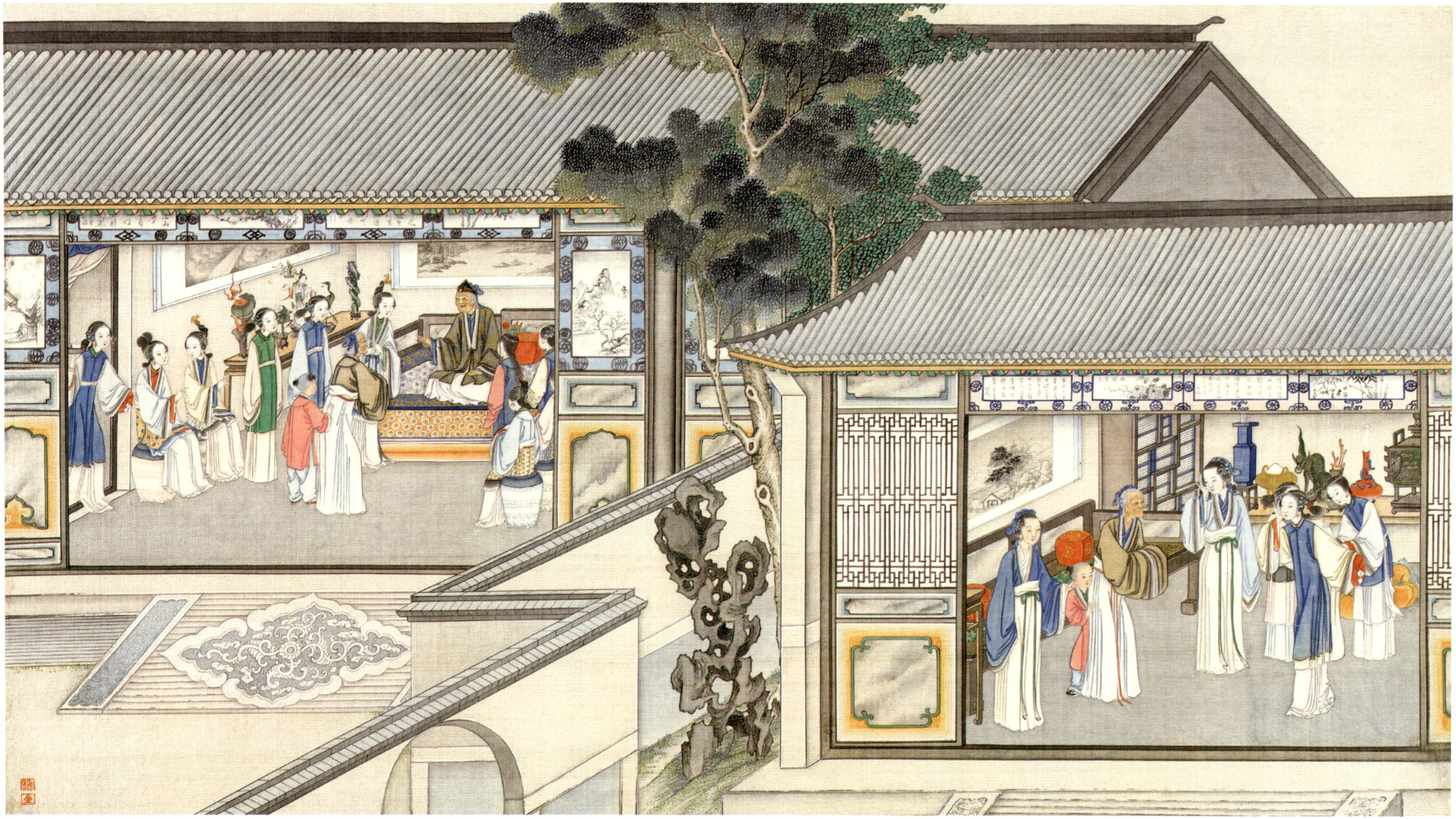

| 刘老老是信口开河 |

钤润斋印

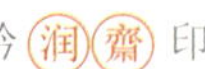

史太君两宴大观园 村老老初游大观园

钤 润 斋 印

第四十回

史太君两宴大观园 金鸳鸯三宣牙牌令

刘老老游至潇湘馆

钤 润 齋 印

第四十回

史太君两宴大观园 金鸳鸯三宣牙牌令

贾母老老游紫菱洲

第四十回

史太君两宴大观园 金鸳鸯三宣牙牌令

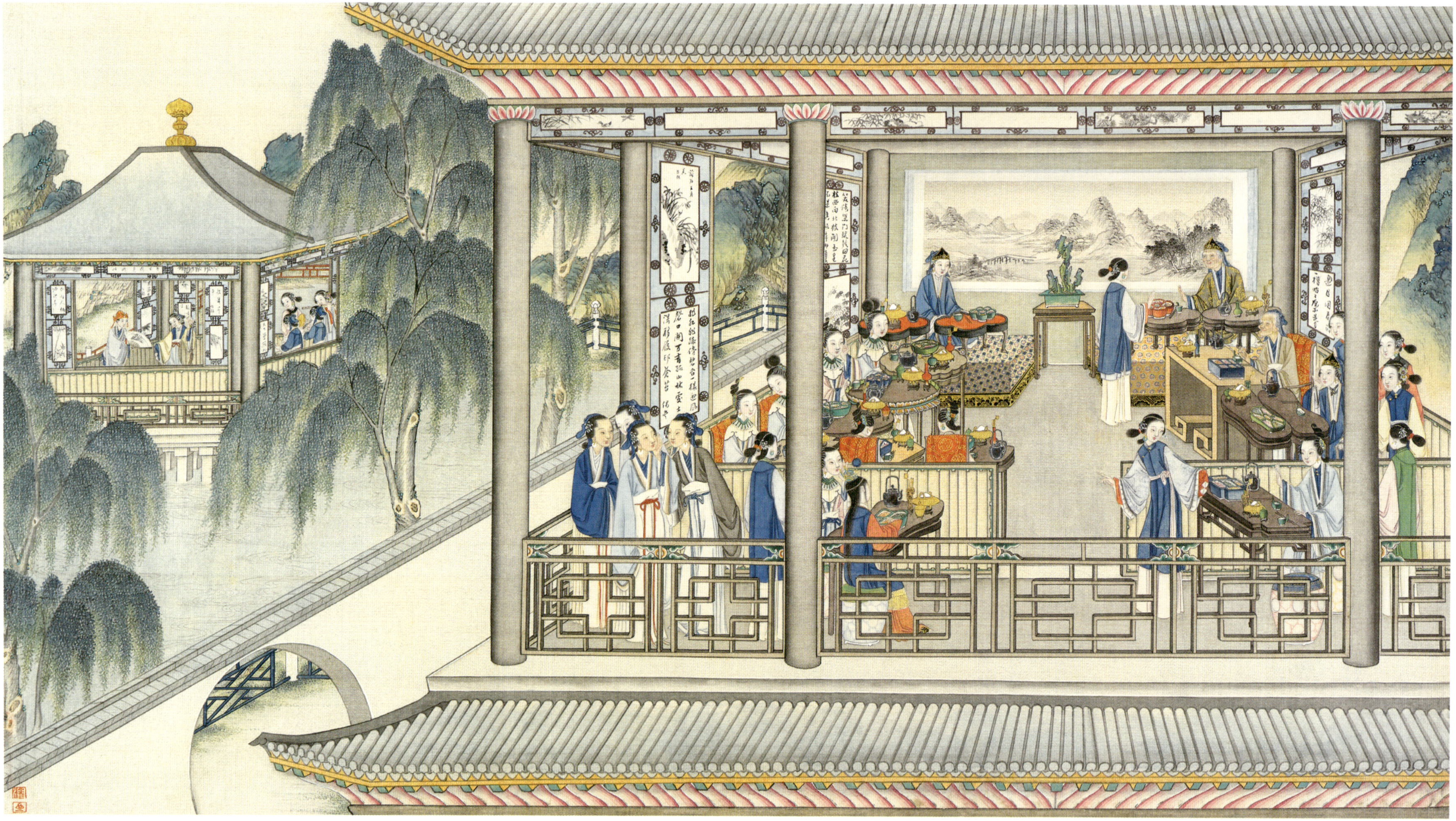

| 王熙凤摆宴秋爽斋 金鸳鸯三宣牙牌令 |

钤 润 斋 印

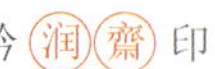

第四十一回

贾宝玉品茶栊翠庵 刘老老醉卧怡红院

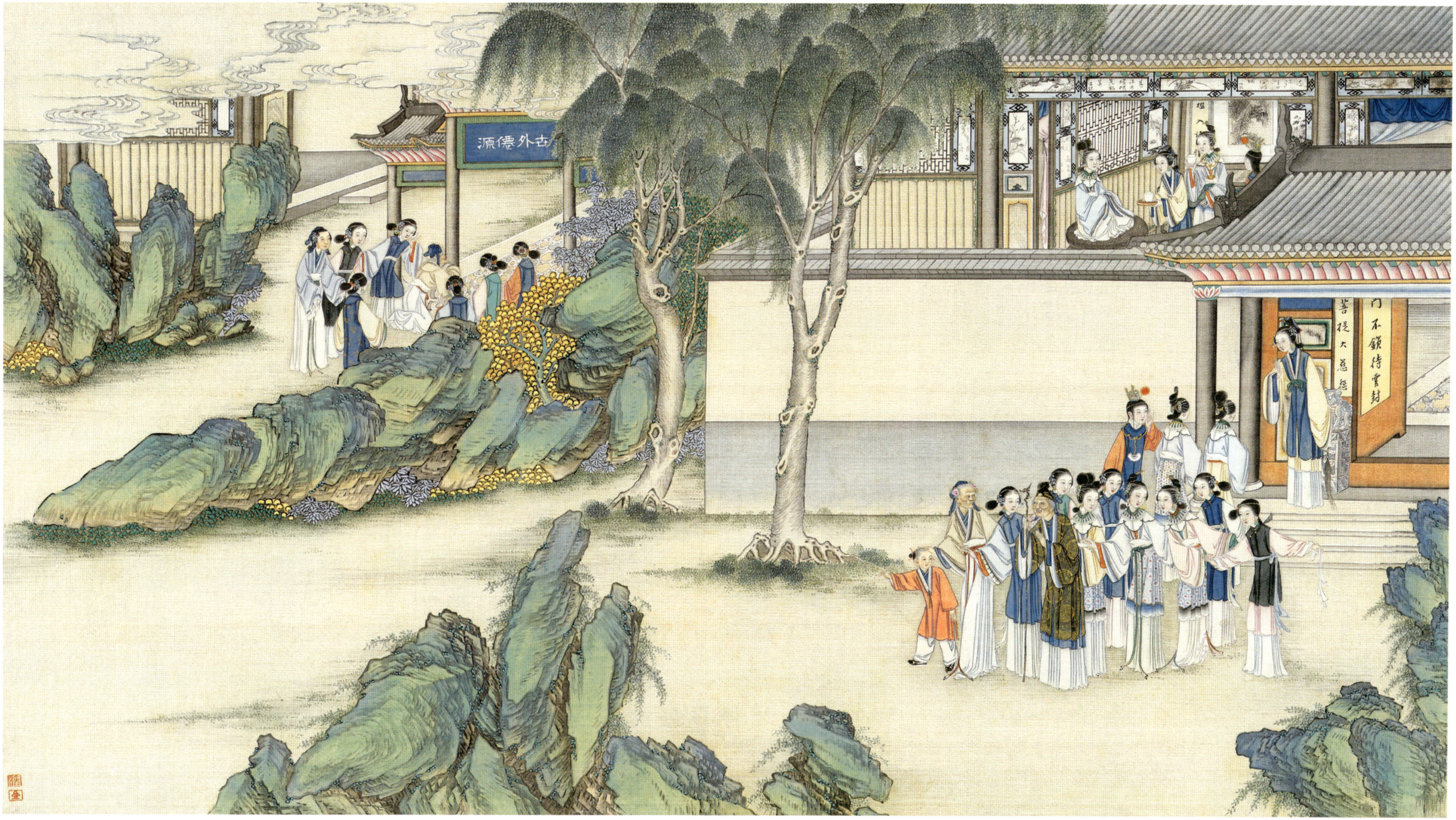

| 贾宝玉品茶栊翠庵 |

钤 润 斋 印

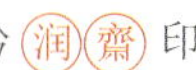

第四十一回

贾宝玉品茶栊翠庵 刘老老醉卧怡红院

| 刘老老醉卧怡红院 |

钤 润 斋 印

第四十二回

蘅芜君兰言解疑癖　潇湘子雅谑补馀音

潇湘子雅谑补馀香

钤（润）（斋）印

第四十三回

闲取乐偶攒金庆寿 不了情暂撮土为香

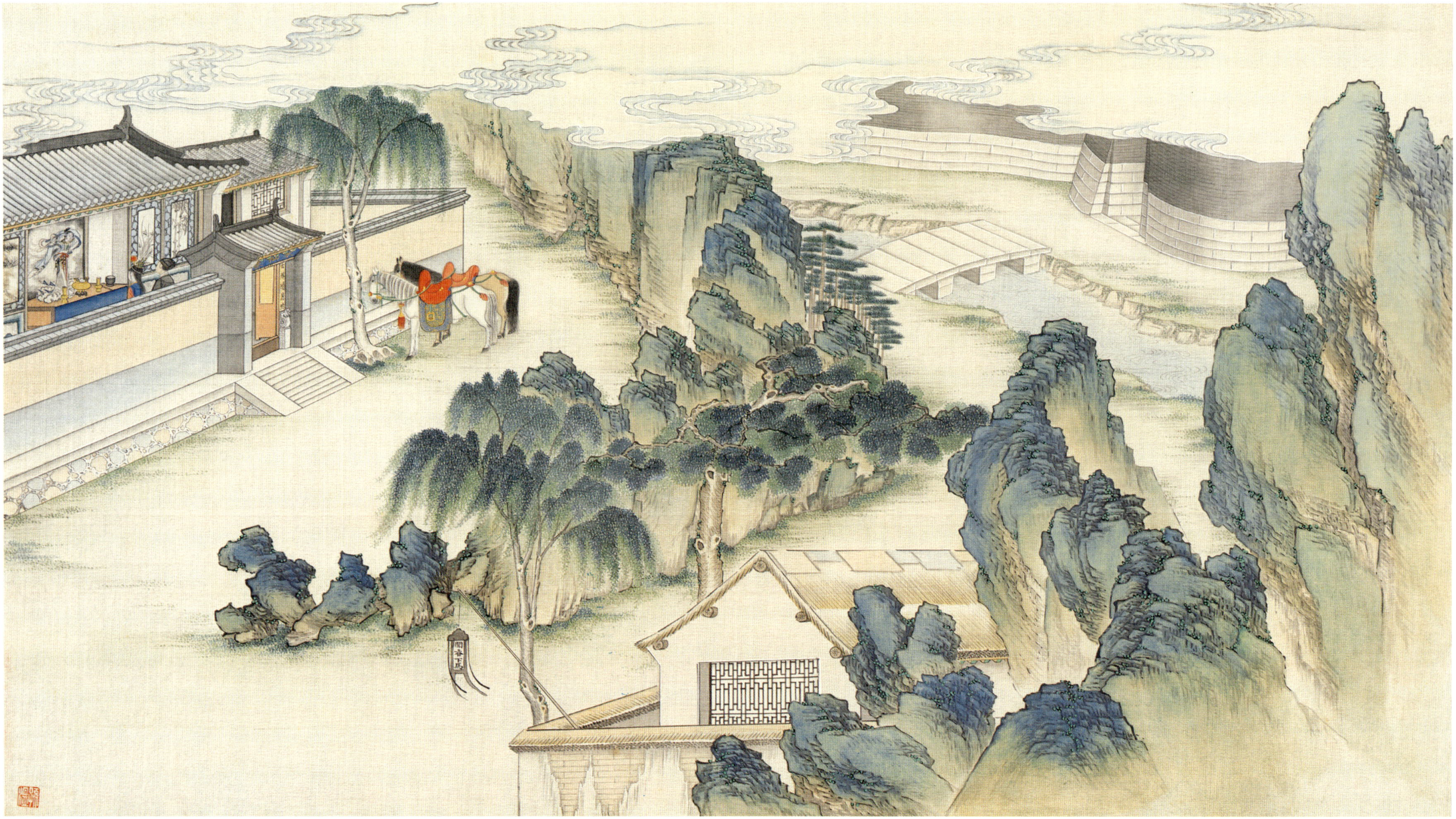

不了情暂撮土为香

钤印

第四十四回

变生不测凤姐泼醋 喜出望外平儿理妆

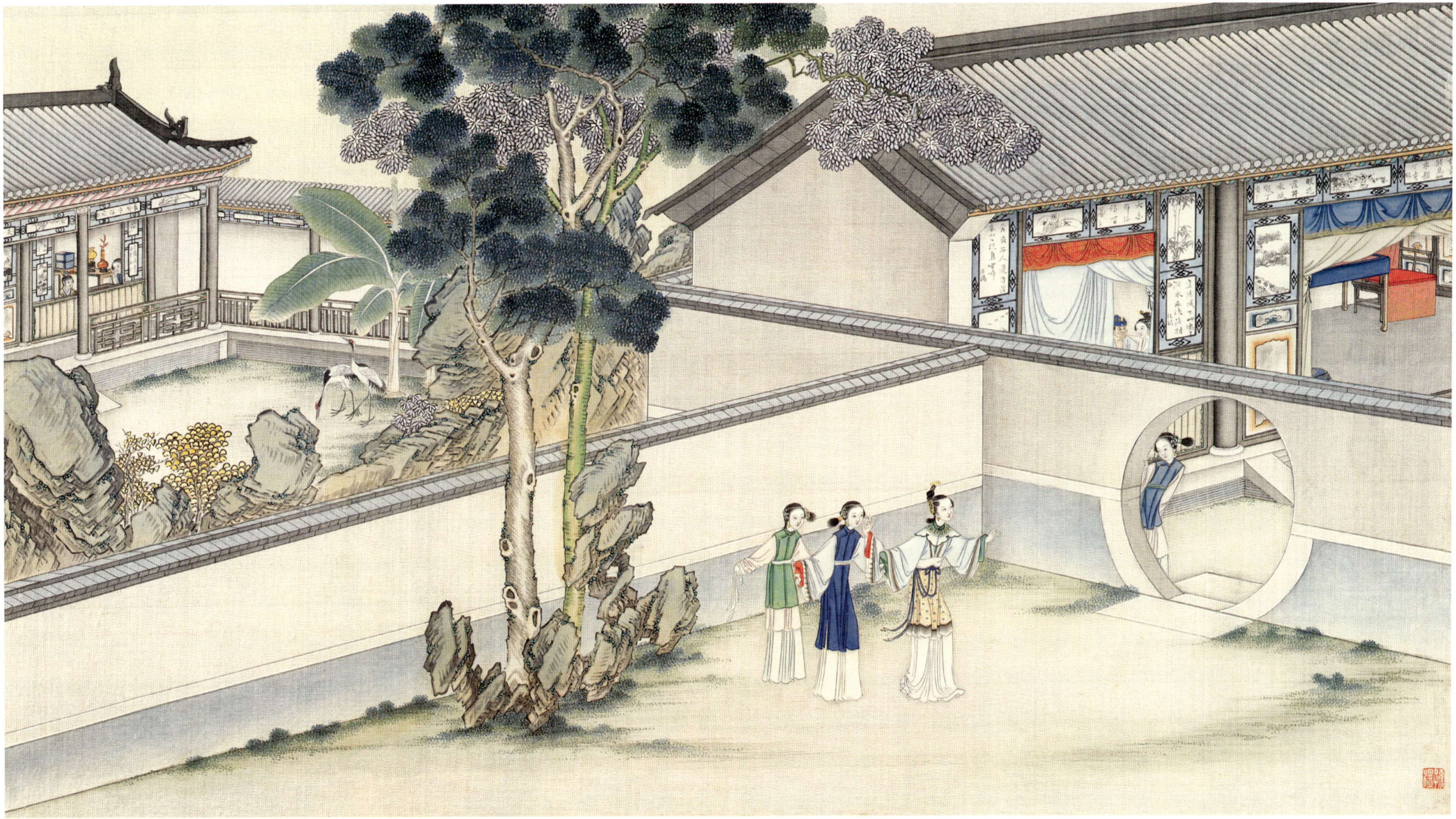

变生不测凤姐泼醋 喜出望外平儿理妆

钤 孙温 印

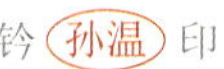

第四十五回
金兰契互剖金兰语 风雨夕闷制风雨词

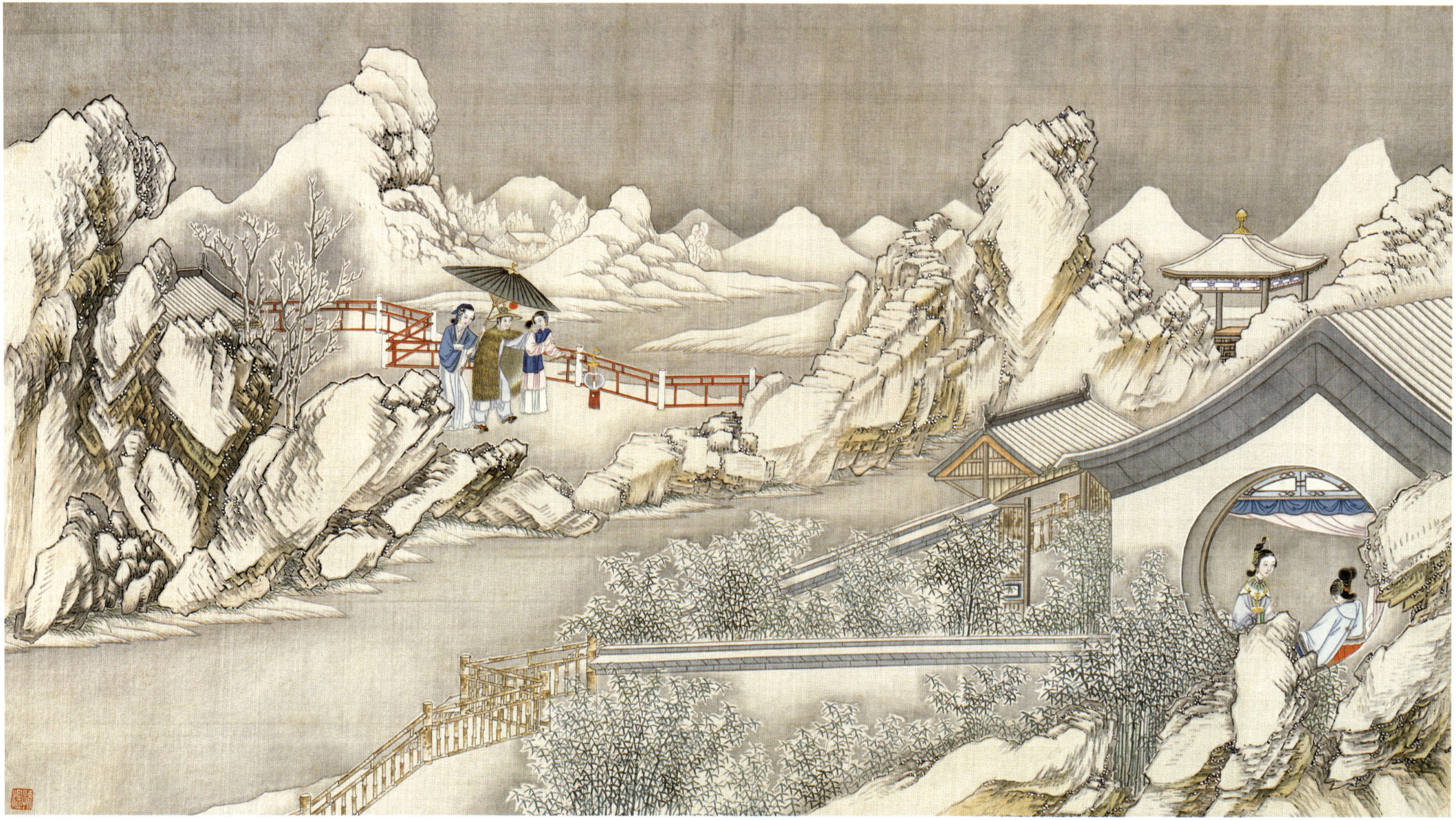

金兰契互剖金兰语 风雨夕闷制风雨词
钤 孙温 印

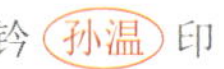

第四十六回

尴尬人难免尴尬事 鸳鸯女誓绝鸳鸯偶

| 尴尬人难免尴尬事 鸳鸯女誓绝鸳鸯偶 |

钤 孙温 印

第四十七回

呆霸王调情遭苦打 冷郎君惧祸走他乡

呆霸王调情遭苦打 冷郎君惧祸走他乡

钤 孙温 印

第四十八回

滥情人情误思游艺 慕雅女雅集苦吟诗

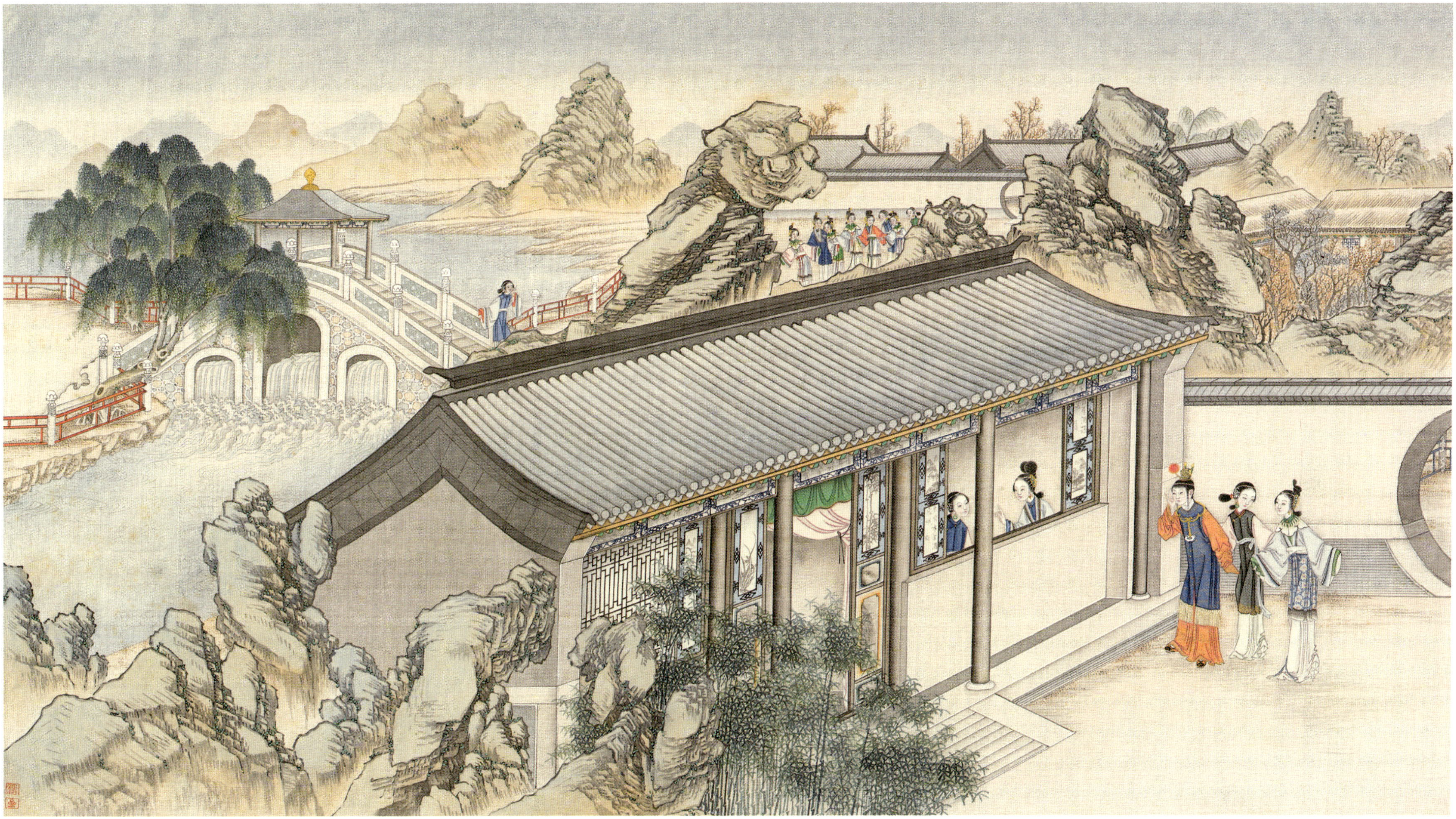

滥情人情误思游艺 慕雅女雅集苦吟诗

钤 润斋 印

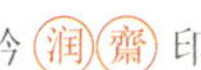

第四十九回

琉璃世界白雪红梅 脂粉香娃割腥啖膻

琉璃世界白雪红梅 脂粉香娃割腥啖膻

钤润斋印

第五十回

芦雪庭争联即景诗 暖香坞雅制春灯谜

| 芦雪庭争联即景诗 暖香坞雅制春灯谜 |

钤润斋印

第五十回

芦雪庭争联即景诗 暖香坞雅制春灯谜

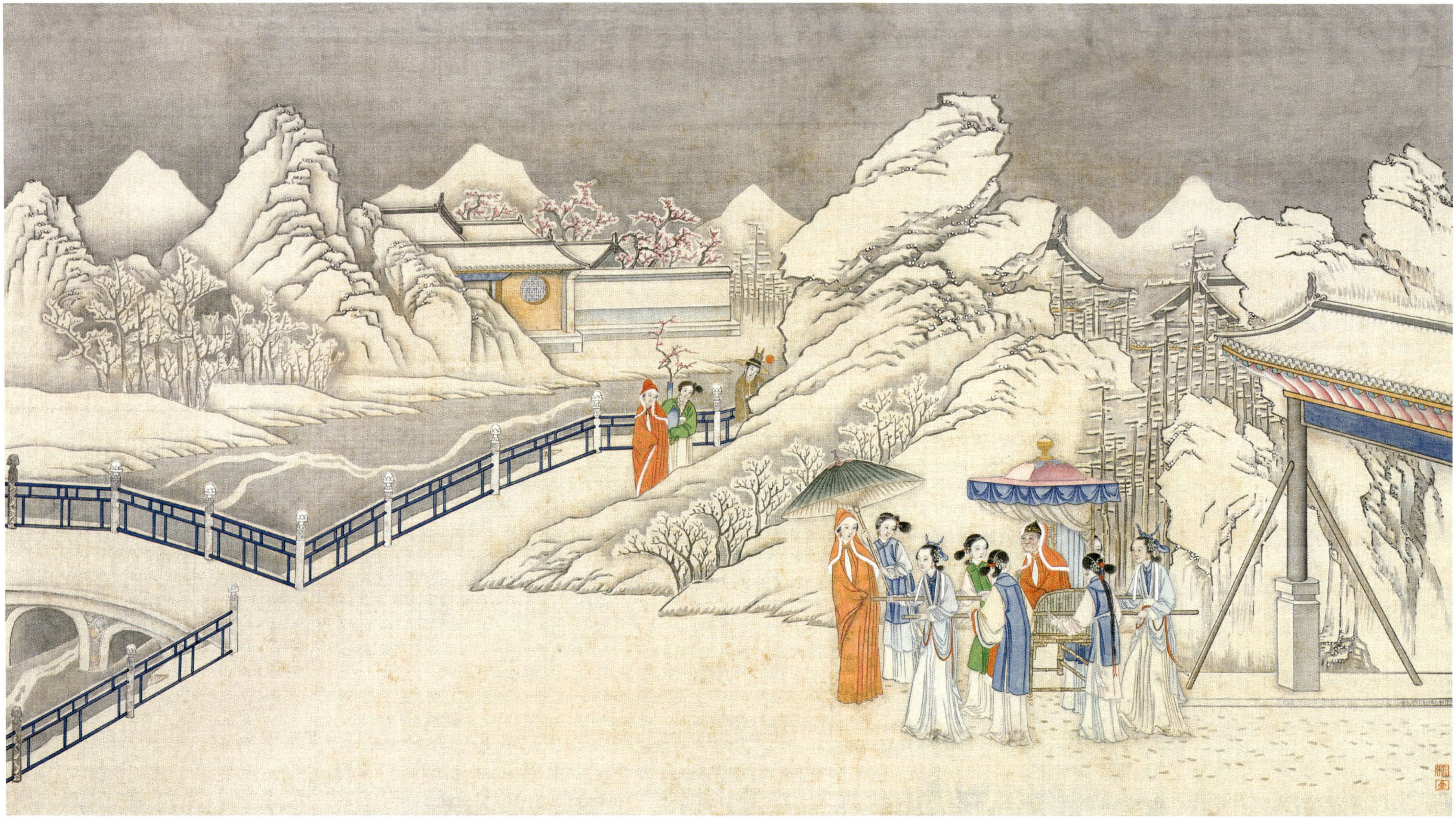

| 观景远望红梅艳雪 |

铃 润 斋 印

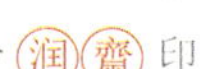

第五十一回
薛小妹新编怀古诗 胡庸医乱用虎狼药

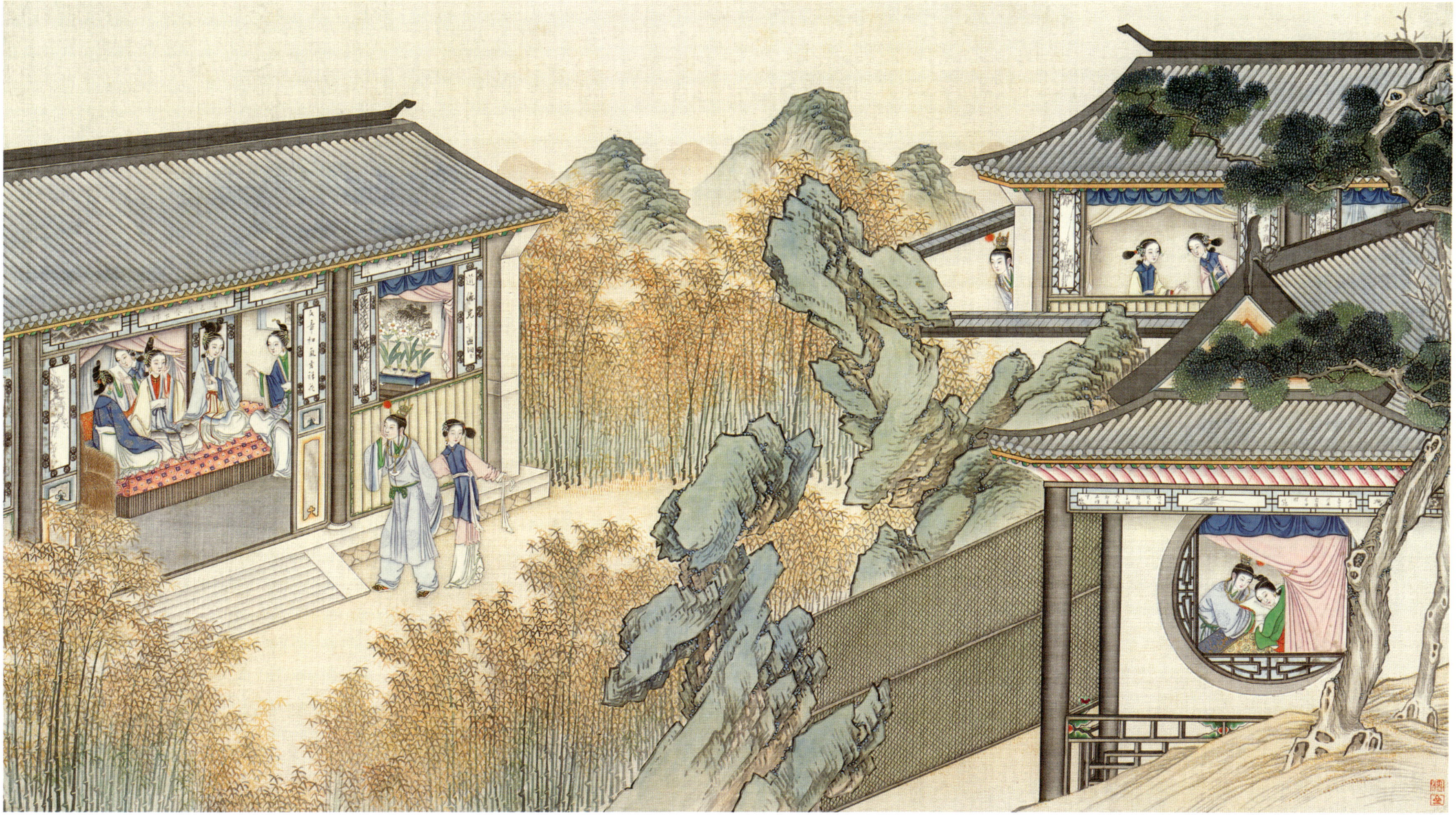

薛小妹新编怀古诗 胡庸医乱用虎狼药

钤润斋印

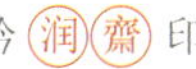

第五十二回

俏平儿情掩虾须镯 勇晴雯病补孔雀裘

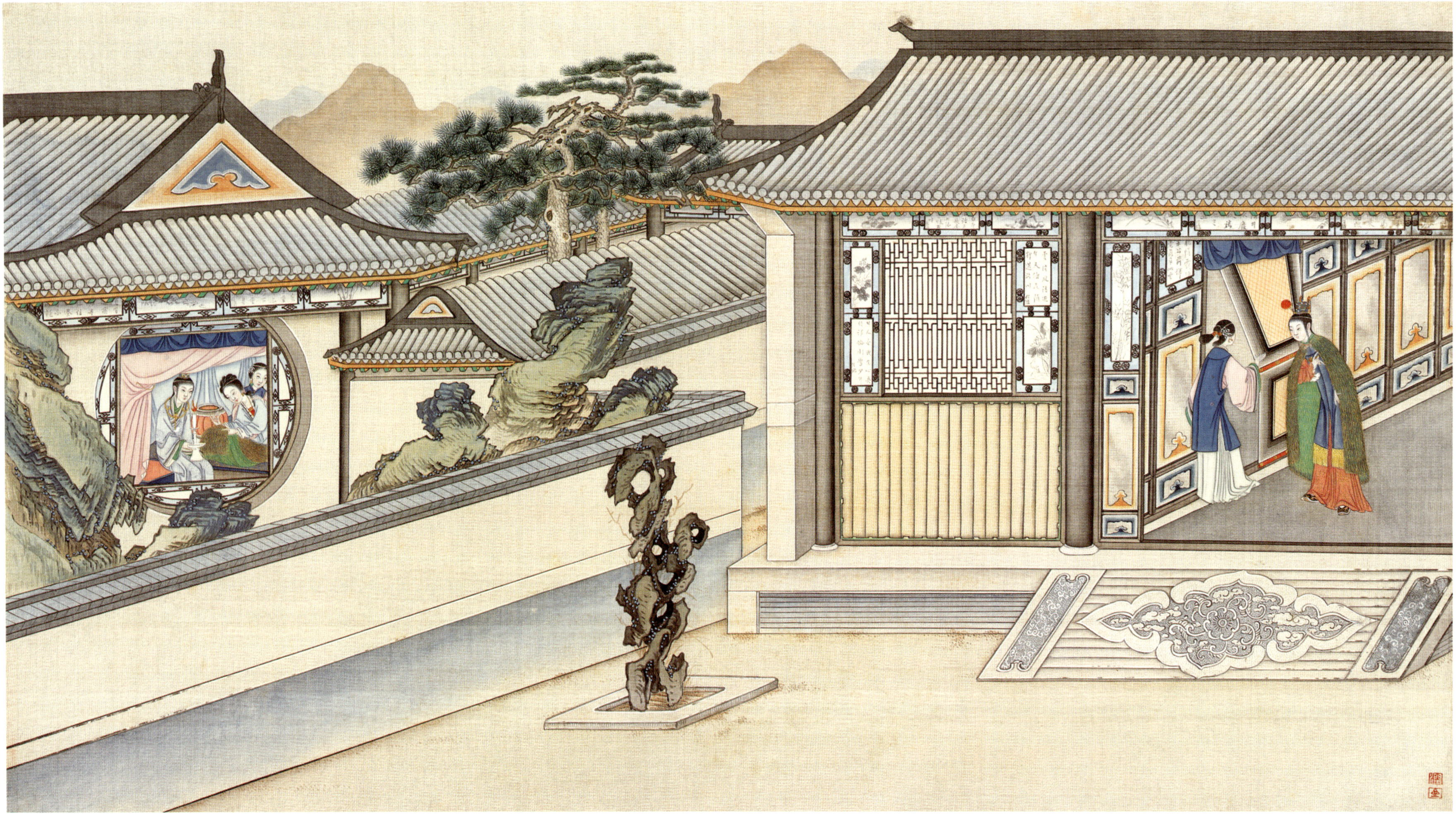

俏平儿情掩虾须镯 勇晴雯病补孔雀裘

钤润齋印

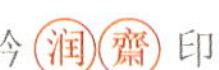

第五十三回

宁国府除夕祭宗祠 荣国府元宵开夜宴

| 宁国府除夕祭宗祠 |

钤 润 斋 印

第五十三回

宁国府除夕祭宗祠 荣国府元宵开夜宴

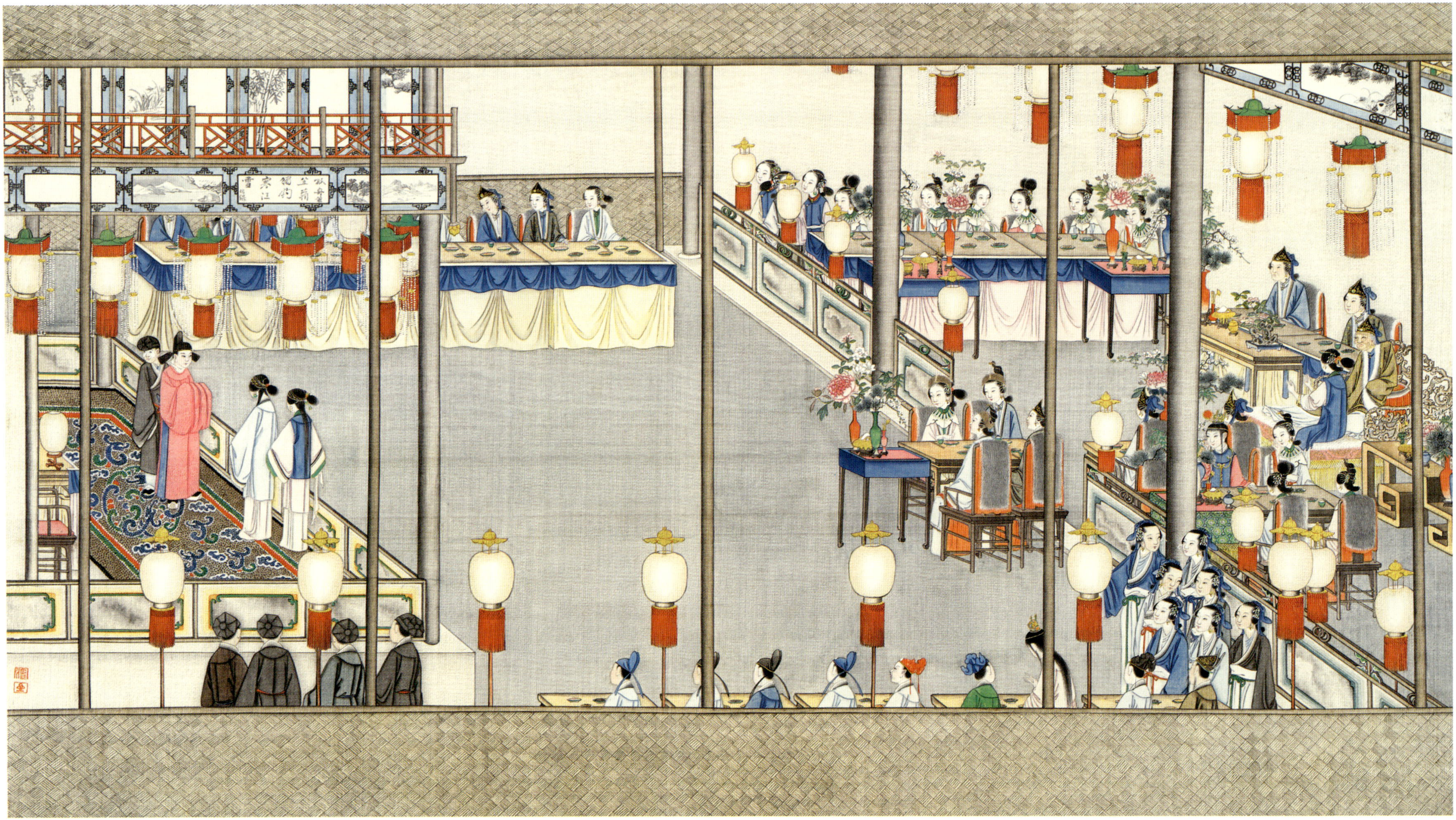

荣国府元宵开夜宴

钤润齋印

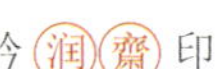

第五十四回

史太君破陈腐旧套 王熙凤效戏彩斑衣

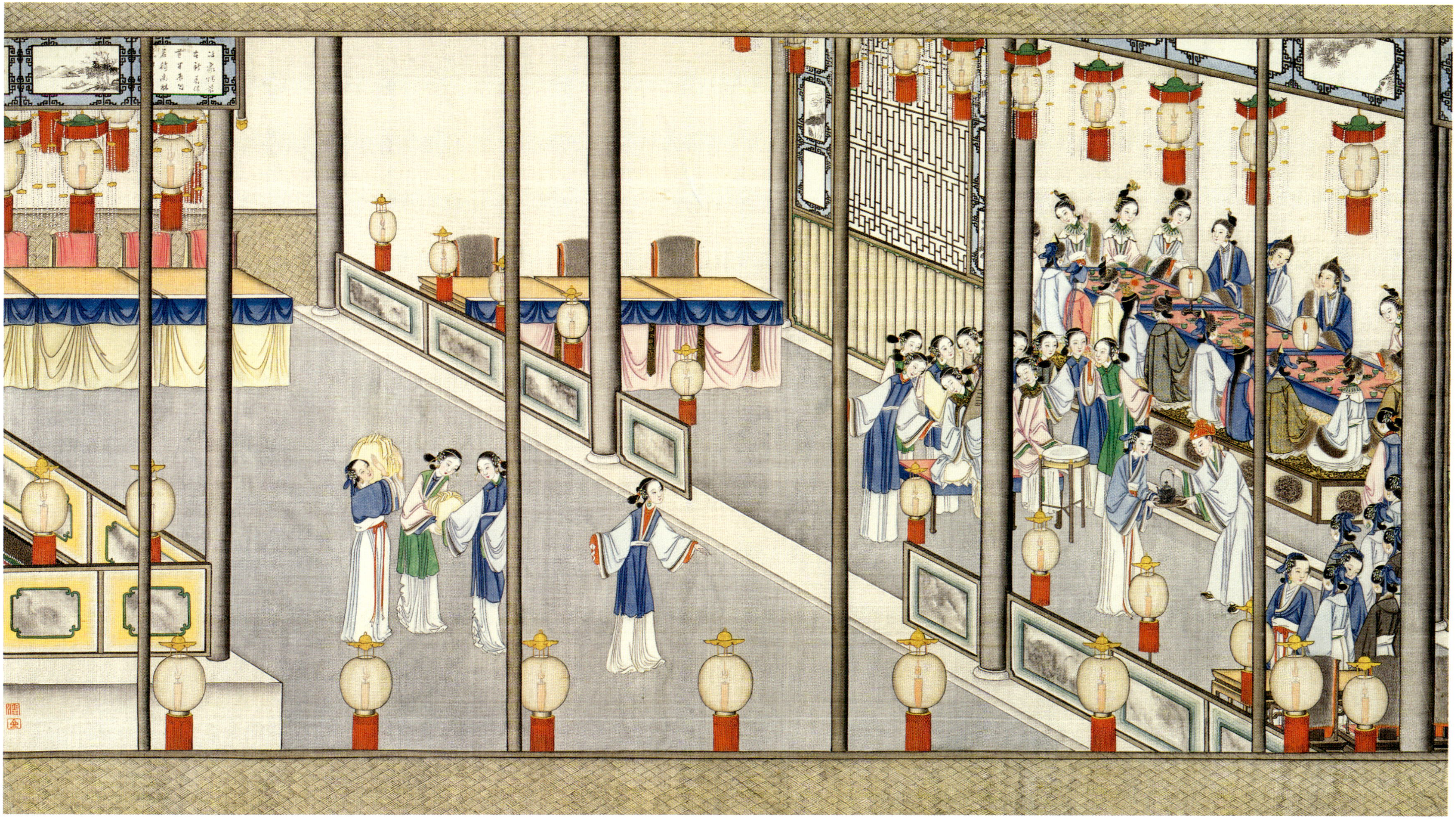

| 史太君破陈腐旧套 王熙凤效戏彩斑衣 |

钤 润 斋 印

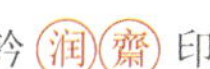

第五十五回

辱亲女愚妾争闲气 欺幼主刁奴蓄险心

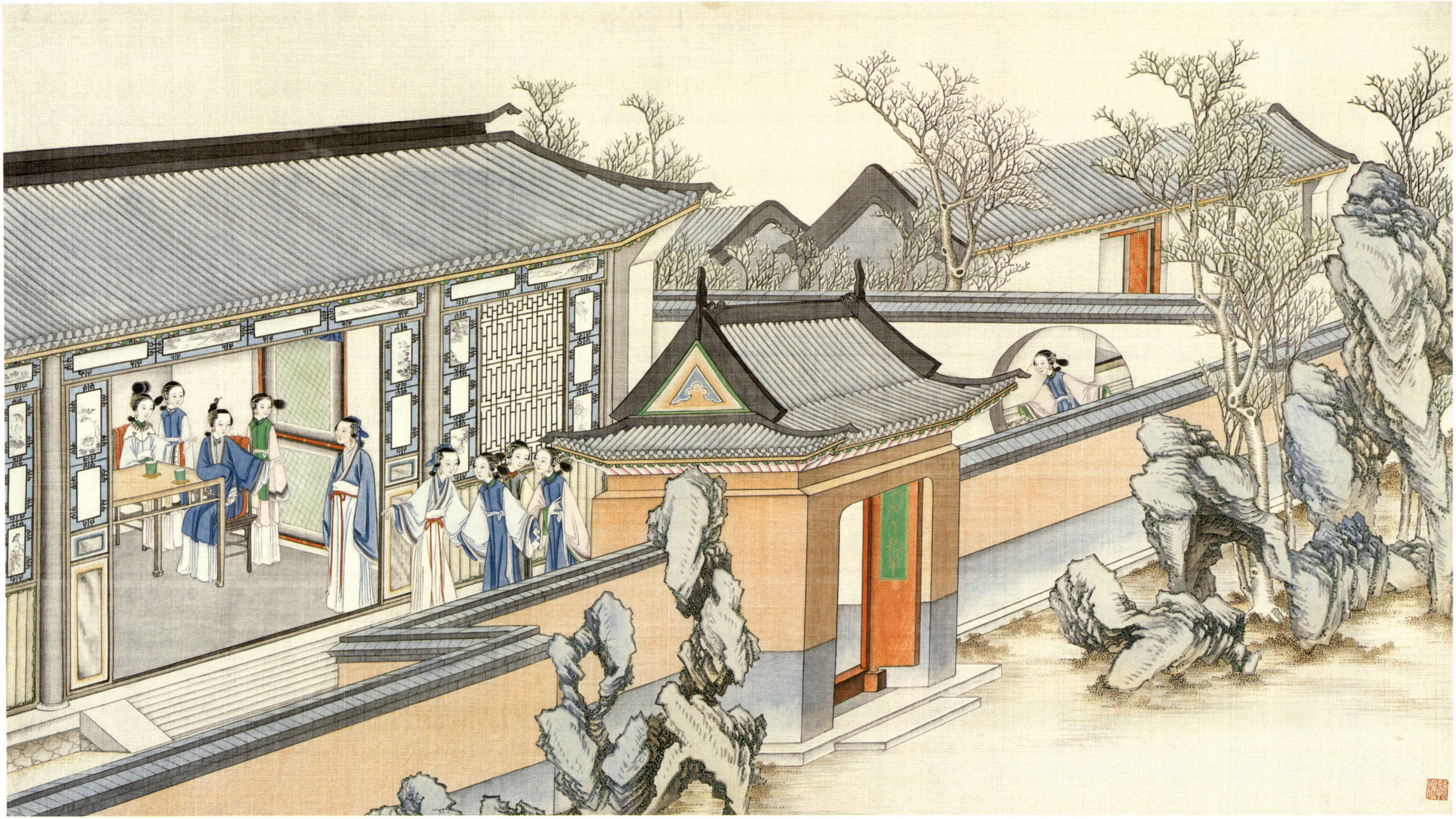

辱亲女愚妾争闲气 欺幼主刁奴蓄险心

钤（孙温）印

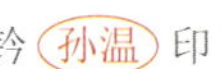

第五十六回

敏探春兴利除宿弊 贤宝钗小惠全大体

甄府进京探亲请安 镜中现影梦会宝玉

钤 孙温 印

第五十七回

慧紫鹃情辞试莽玉 慈姨妈爱语慰痴颦

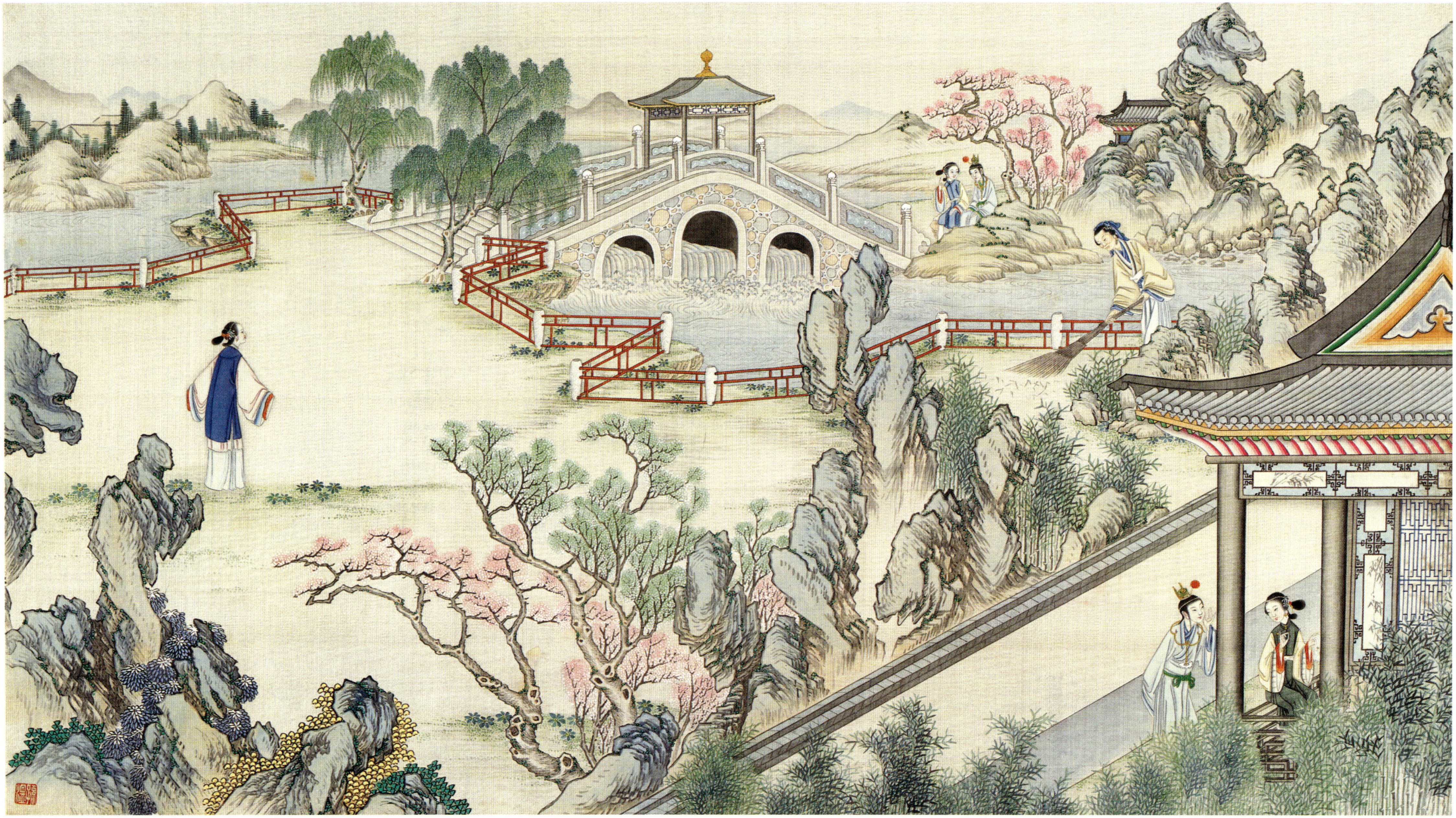

慧紫鹃情辞试莽玉

钤（孙温）印

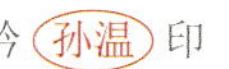

第五十七回

慧紫鹃情辞试莽玉 慈姨妈爱语慰痴颦

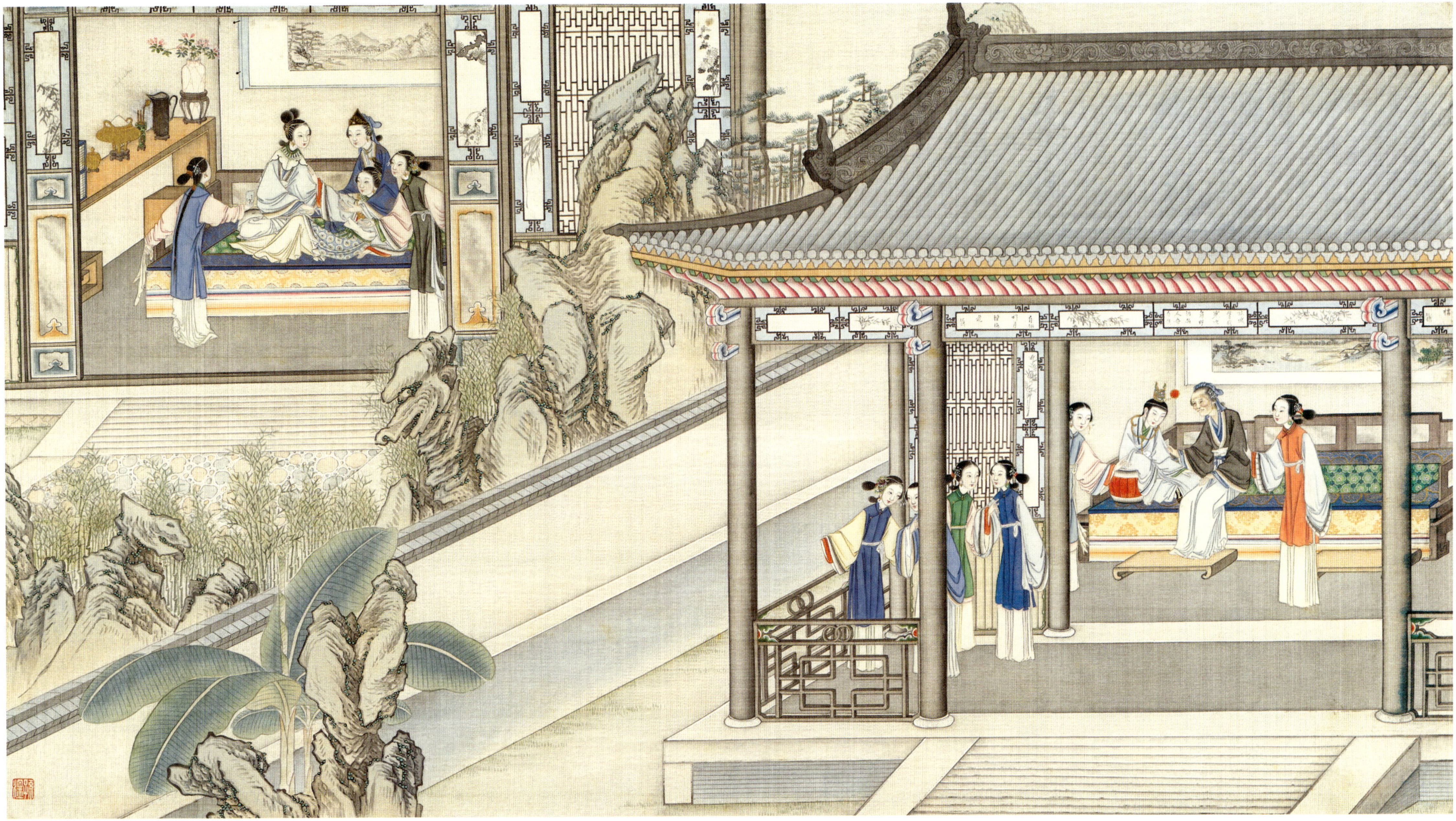

慈姨妈爱语慰痴颦

钤 

印

第五十八回

杏子阴假凤泣虚凰 茜纱窗真情揆痴理

杏子阴假凤泣虚凰 茜纱窗真情揆痴理

钤（孙温）印

第五十九回

柳叶渚边嗔莺叱燕 绛芸轩里召将飞符

| 巧莺儿河边编花篮 |

钤 孙温 印

第五十九回

柳叶渚边嗔莺叱燕 绛芸轩里召将飞符

柳叶渚边嗔莺叱燕 绛芸轩里召将飞符

钤 润 齋 印

第六十回

茉莉粉替去薔薇硝 玫瑰露引出茯苓霜

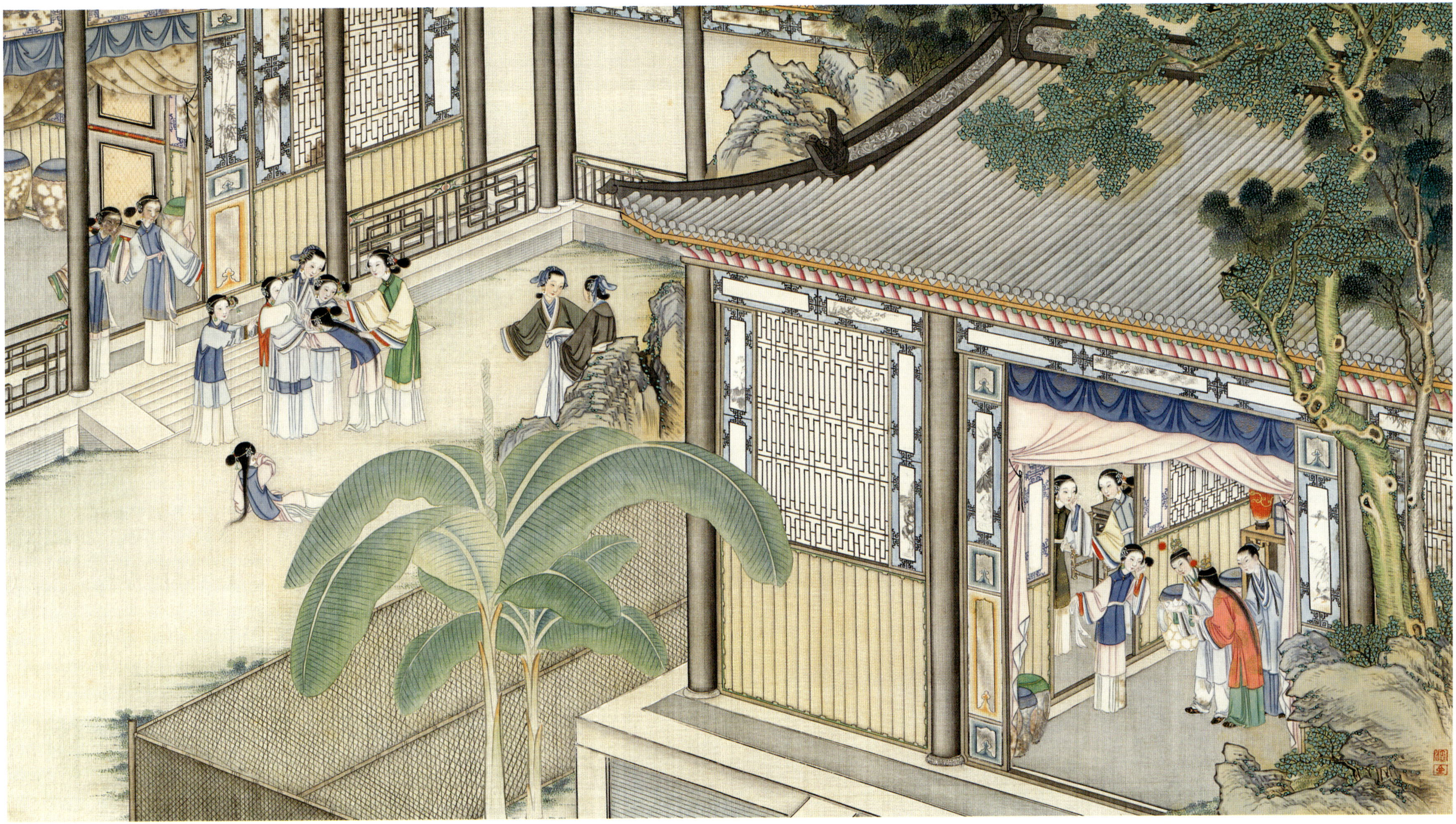

| 茉莉粉替去薔薇硝 |

钤 润 齋 印

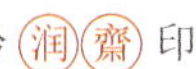

第六十一回

投鼠忌器宝玉瞒赃 判冤决狱平儿行权

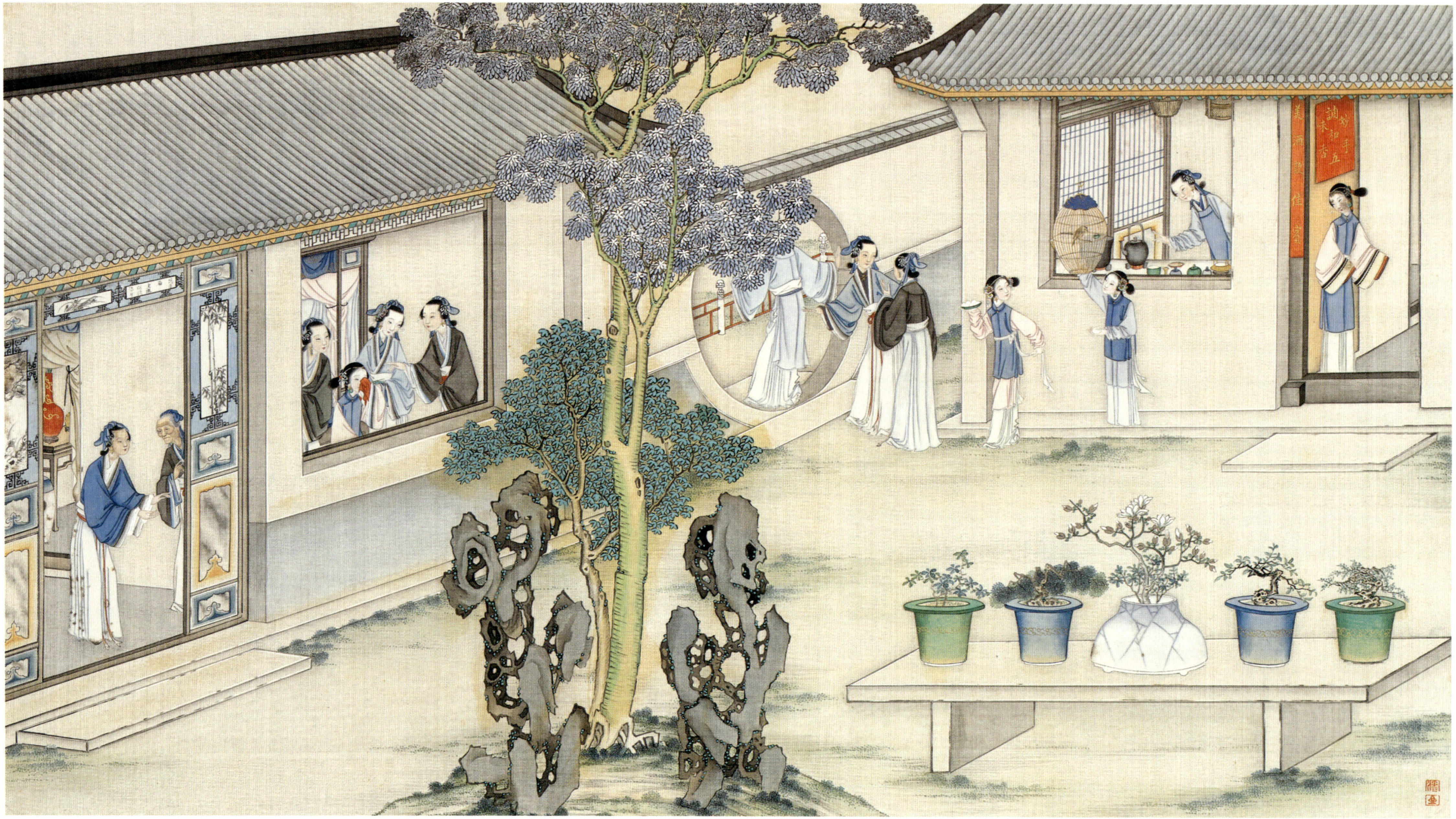

投鼠忌器宝玉瞒赃 判冤决狱平儿行权

钤润斋印

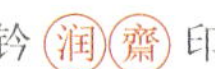

第六十二回

憨湘云醉眠芍药裀 呆香菱情解石榴裙

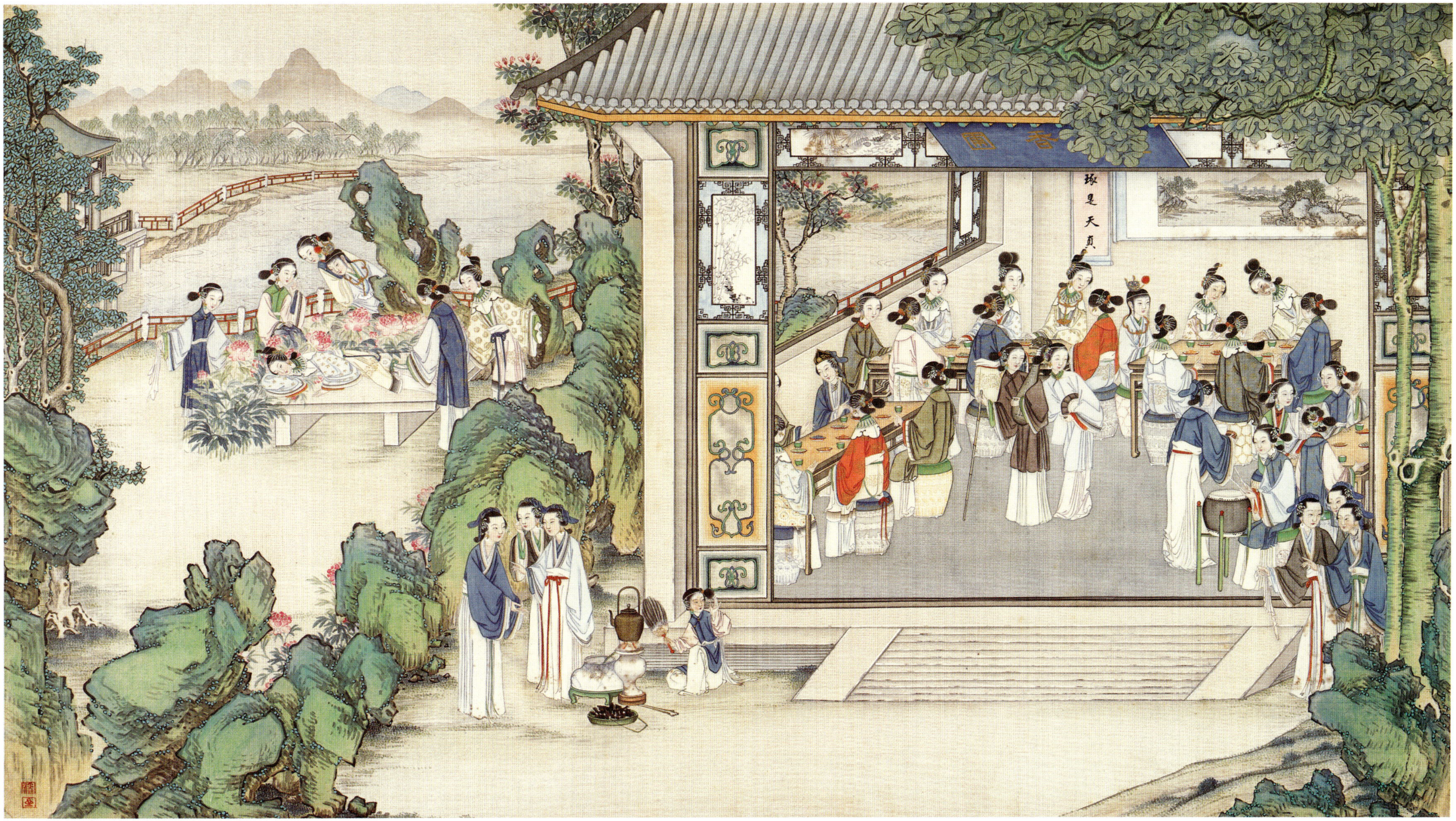

| 憨湘云醉眠芍药裀 |

钤  印

第六十二回

憨湘云醉眠芍药裀 呆香菱情解石榴裙

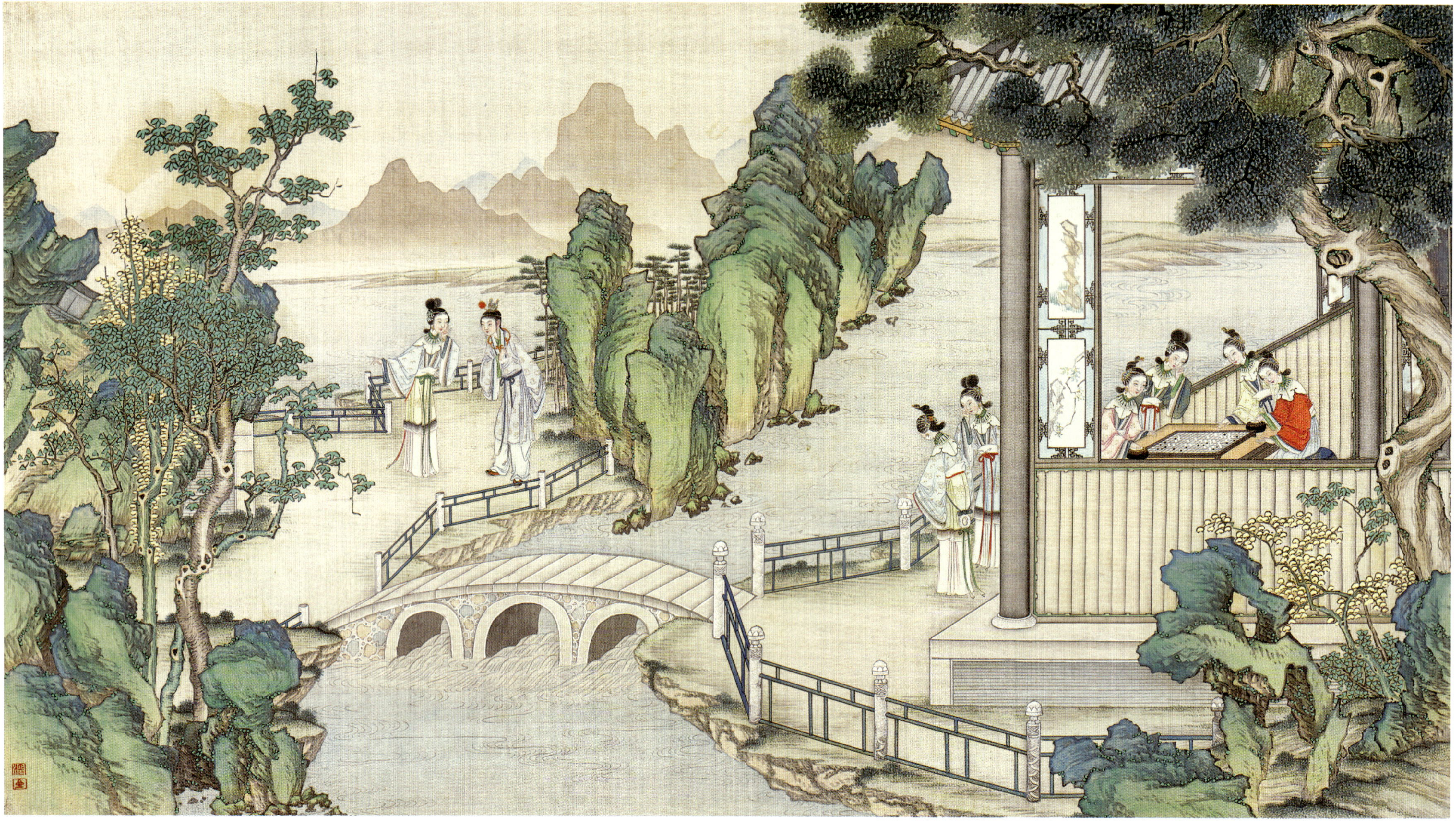

酒散暇游观鱼对局

钤润斋印

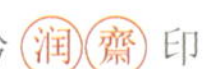

第六十三回

寿怡红群芳开夜宴 死金丹独艳理亲丧

寿怡红群芳开夜宴

铃 润 斋 印

第六十四回

幽淑女悲题五美吟　浪荡子情遗九龙珮

幽淑女悲题五美吟 浪荡子情遗九龙珮

第六十五回

贾二舍偷娶尤二姨 尤三姐思嫁柳二郎

| 贾二舍偷娶尤二姨 尤三姐思嫁柳二郎 |

钤（润）（斋）印

第六十六回

情小妹耻情归地府 冷二郎一冷入空门

贾琏路中定亲柳郎

铃 润 斋 印

第六十六回

情小妹耻情归地府 冷二郎一冷入空门

情小妹耻情归地府 冷二郎一冷入空门

钤 润 斋 印

第六十七回

见土仪颦卿思故里 闻秘事凤姐讯家童

见土仪颦卿思故里 闻秘事凤姐讯家童

钤润斋印

第六十八回

苦尤娘赚入大观园 酸凤姐大闹宁国府

酸凤姐大闹宁国府

钤润斋印

第六十九回

弄小巧用借剑杀人 觉大限吞生金自逝

苦尤娘赚入大观园 弄小巧用借剑杀人

钤润斋印

第七十回

林黛玉重建桃花社 史湘云偶填柳絮词

林黛玉重建桃花社

钤 润 齋 印

第七十回

林黛玉重建桃花社 史湘云偶填柳絮词

| 姐妹走访稻香老农 |

钤 润 斋 印

第七十回

林黛玉重建桃花社 史湘云偶填柳絮词

史湘云偶填柳絮词

钤（润）（斋）印

第七十一回

嫌隙人有心生嫌隙 鸳鸯女无意遇鸳鸯

| 贾母大庆八旬大寿 |

钤润斋印

第七十一回

嫌隙人有心生嫌隙 鸳鸯女无意遇鸳鸯

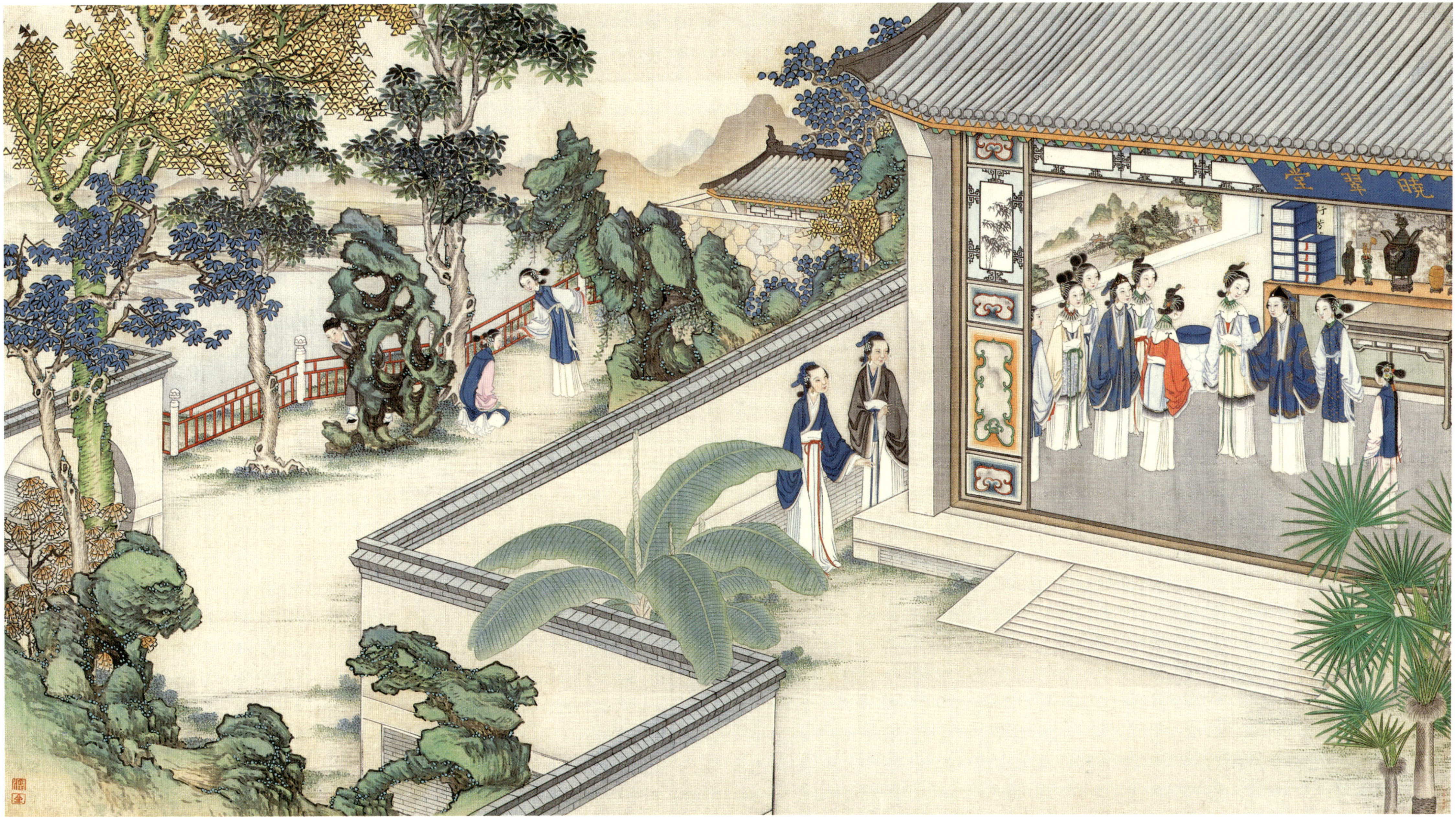

嫌隙人有心生嫌隙 鸳鸯女无意遇鸳鸯

钤润齋印

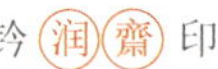

第七十二回

王熙凤恃强羞说病　来旺妇倚势霸成亲

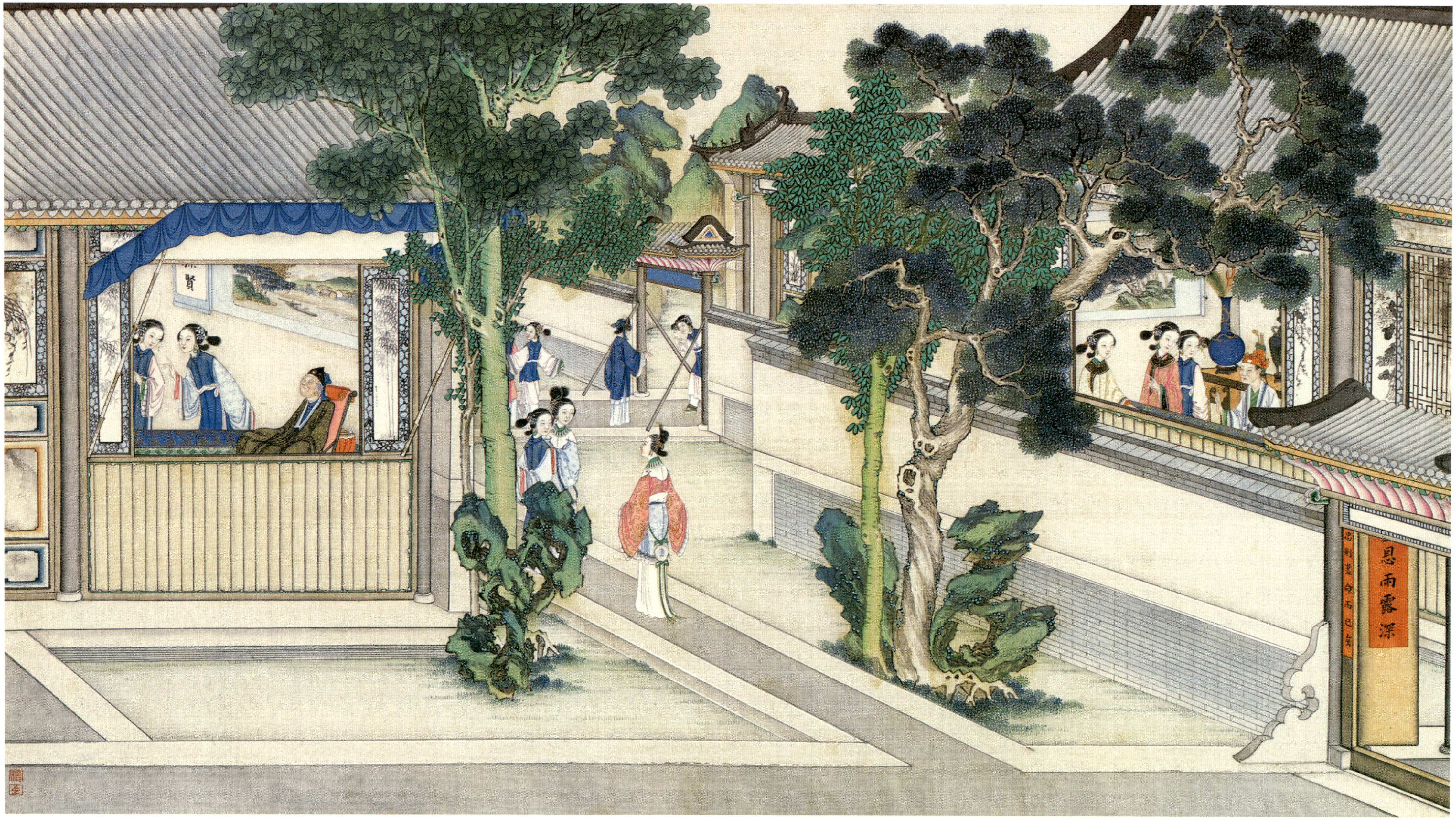

| 王熙凤恃强羞说病 |

钤 润 齋 印

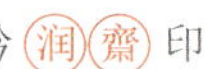

第七十三回

痴丫头误拾绣春囊 懦小姐不问累金凤

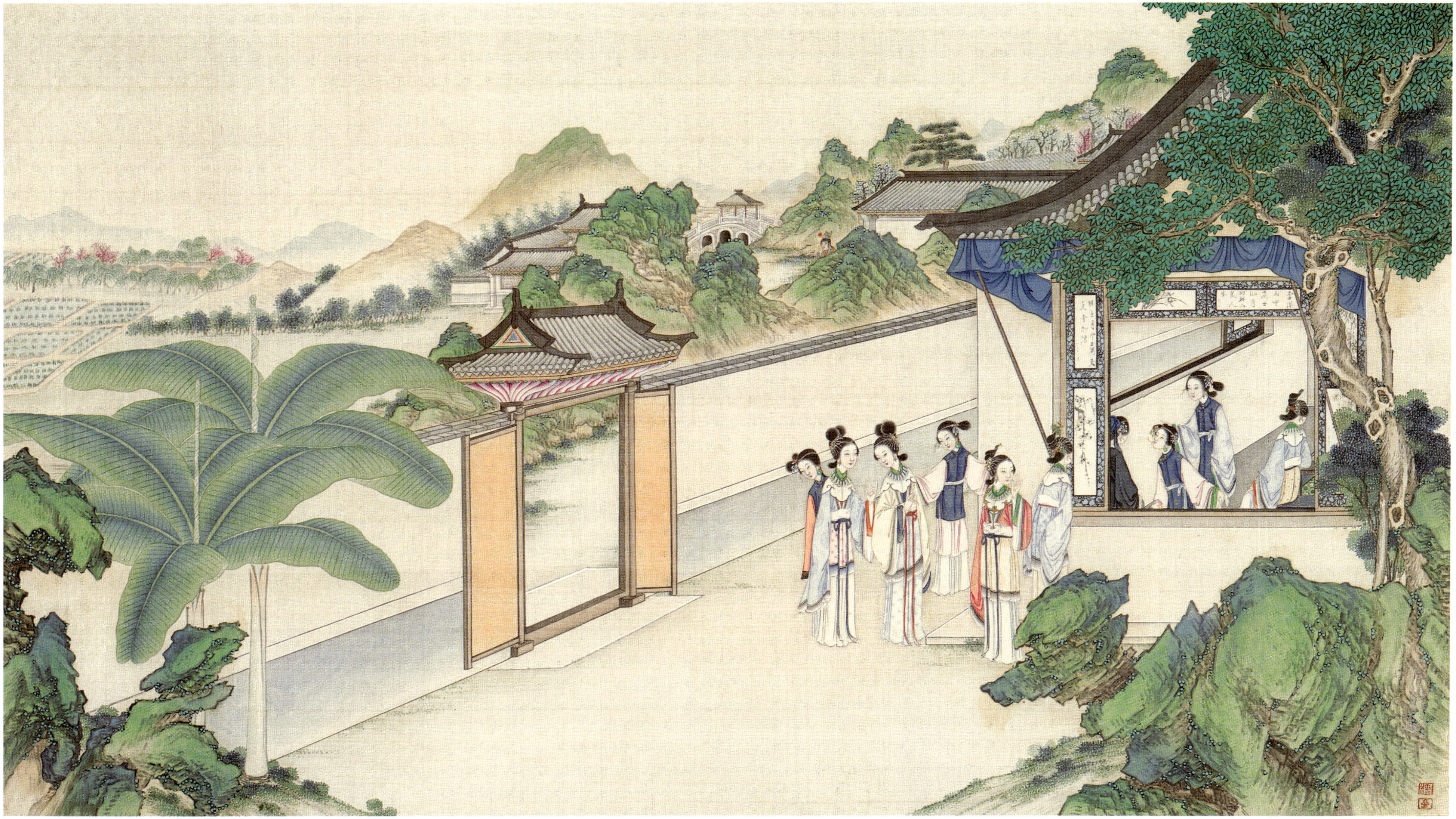

痴丫头误拾绣春囊 懦小姐不问累金凤

钤 润 齋 印

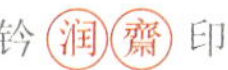

第七十四回

惑奸谗抄检大观园 避嫌隙杜绝宁国府

| 因春囊重托王善宝 |

钤 润 斋 印

第七十四回

惑奸谗抄检大观园 避嫌隙杜绝宁国府

| 惑奸谗抄检大观园 |

钤 润 斋 印

第七十五回

开夜宴异兆发悲音 赏中秋新词得佳谶

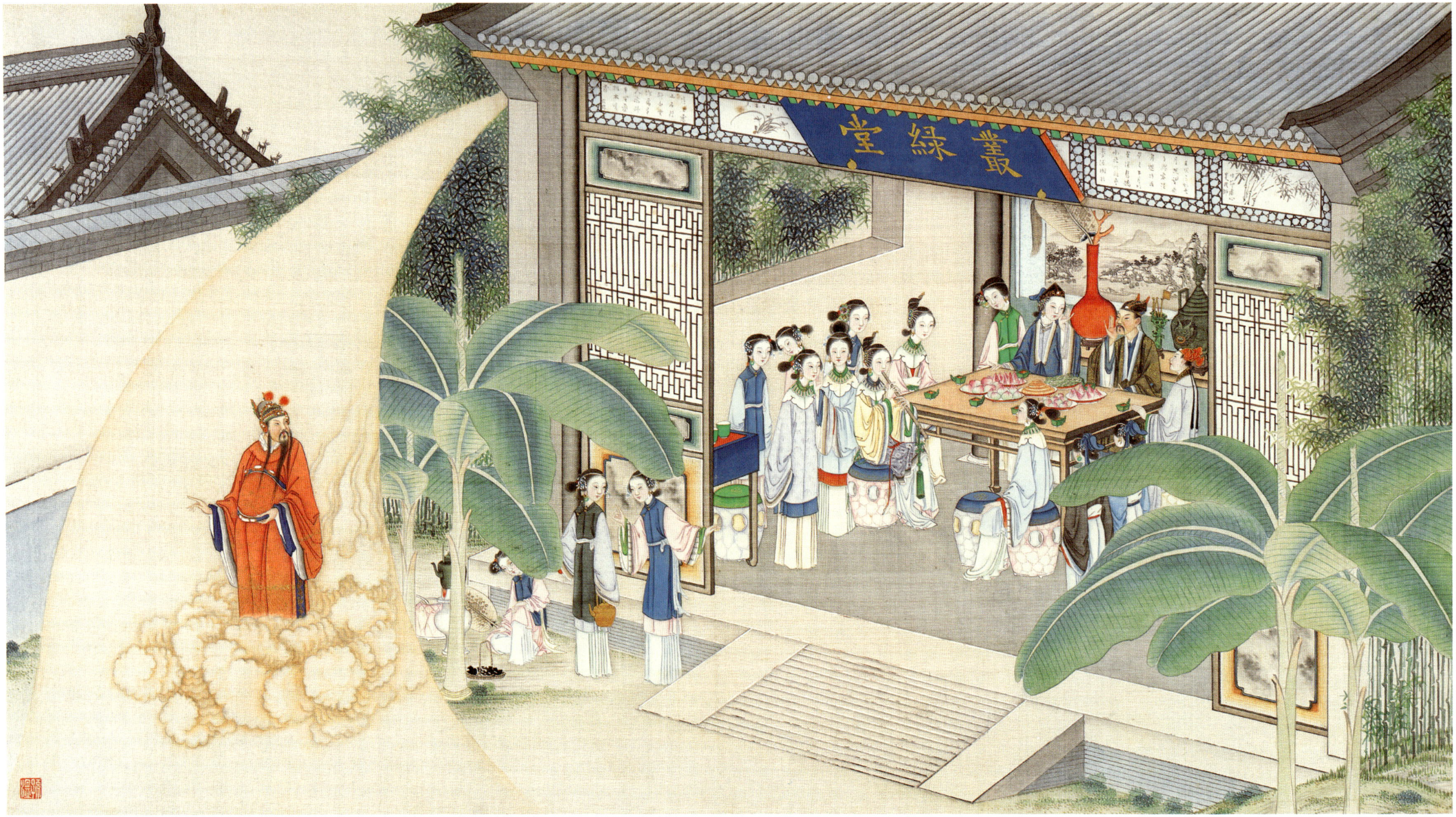

开夜宴异兆发悲音

钤孙温印

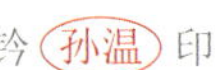

第七十五回

开夜宴异兆发悲音 赏中秋新词得佳谶

| 赏中秋新词得佳谶 |

钤 润 斋 印

第七十六回

凸碧堂品笛感凄清 凹晶馆联诗悲寂寞

凸碧堂品笛感凄清 凹晶馆联诗悲寂寞

钤 孙温 印

第七十七回

俏丫鬟抱屈夭风流 美优伶斩情归水月

连赃证撵出大观园

钤润斋印

第七十七回

俏丫鬟抱屈夭风流 美优伶斩情归水月

| 俏丫鬟抱屈夭风流 |

铃润斋印

第七十七回

俏丫鬟抱屈夭风流 美优伶斩情归水月

| 美优伶斩情归水月 |

钤 润 斋 印

第七十八回

老学士闲征姽婳词 痴公子杜撰芙蓉诔

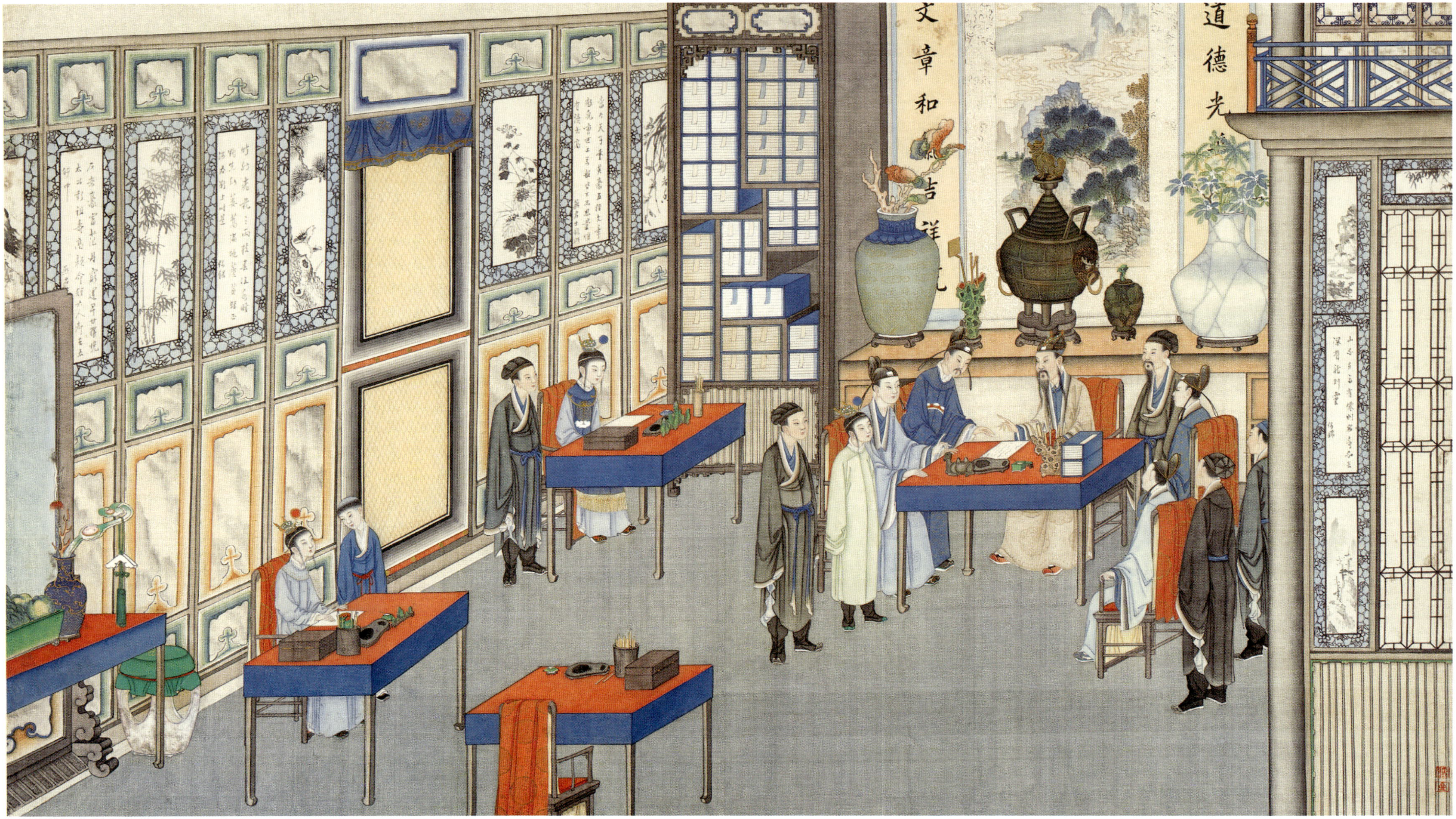

老学士闲征姽婳词

钤润斋印

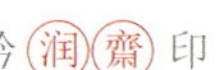

第七十八回

老学士闲征姽婳词 痴公子杜撰芙蓉诔

痴公子杜撰芙蓉诔

钤 润 斋 印

第七十九回

薛文起悔娶河东吼 贾迎春误嫁中山狼

怡红公子伤别成疾

钤印

第八十回

美香菱屈受贪夫棒 王道士胡诌妒妇方

| 美香菱屈受贪夫棒 宝玉替人担心虑后 |

钤（润）（齋）印

第八十回

美香菱屈受贪夫棒 王道士胡诌妒妇方

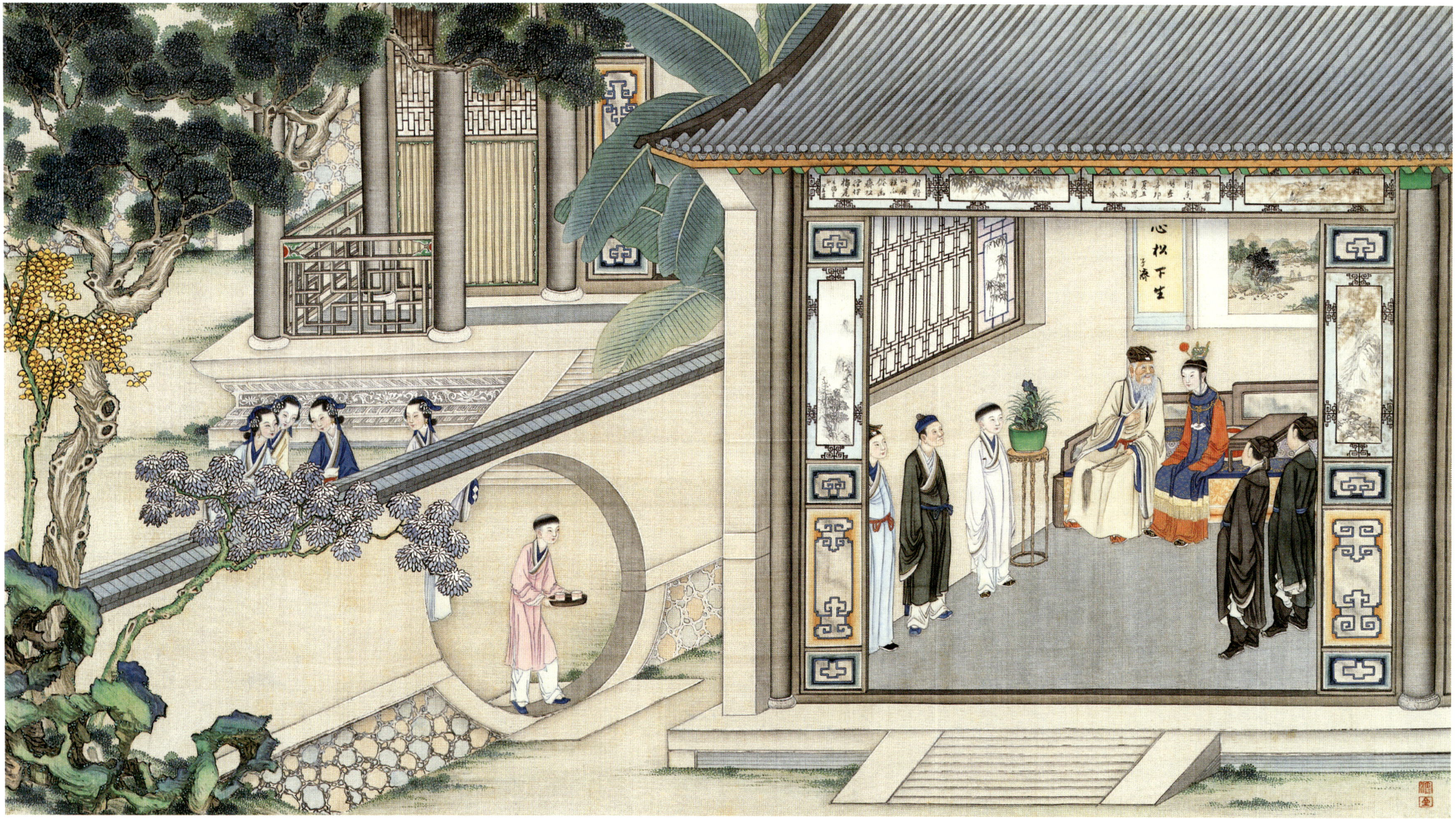

王道士胡诌妒妇方

钤 润斋 印

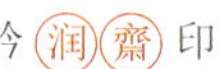

第八十一回
占旺相四美钓游鱼 奉严词两番入家塾

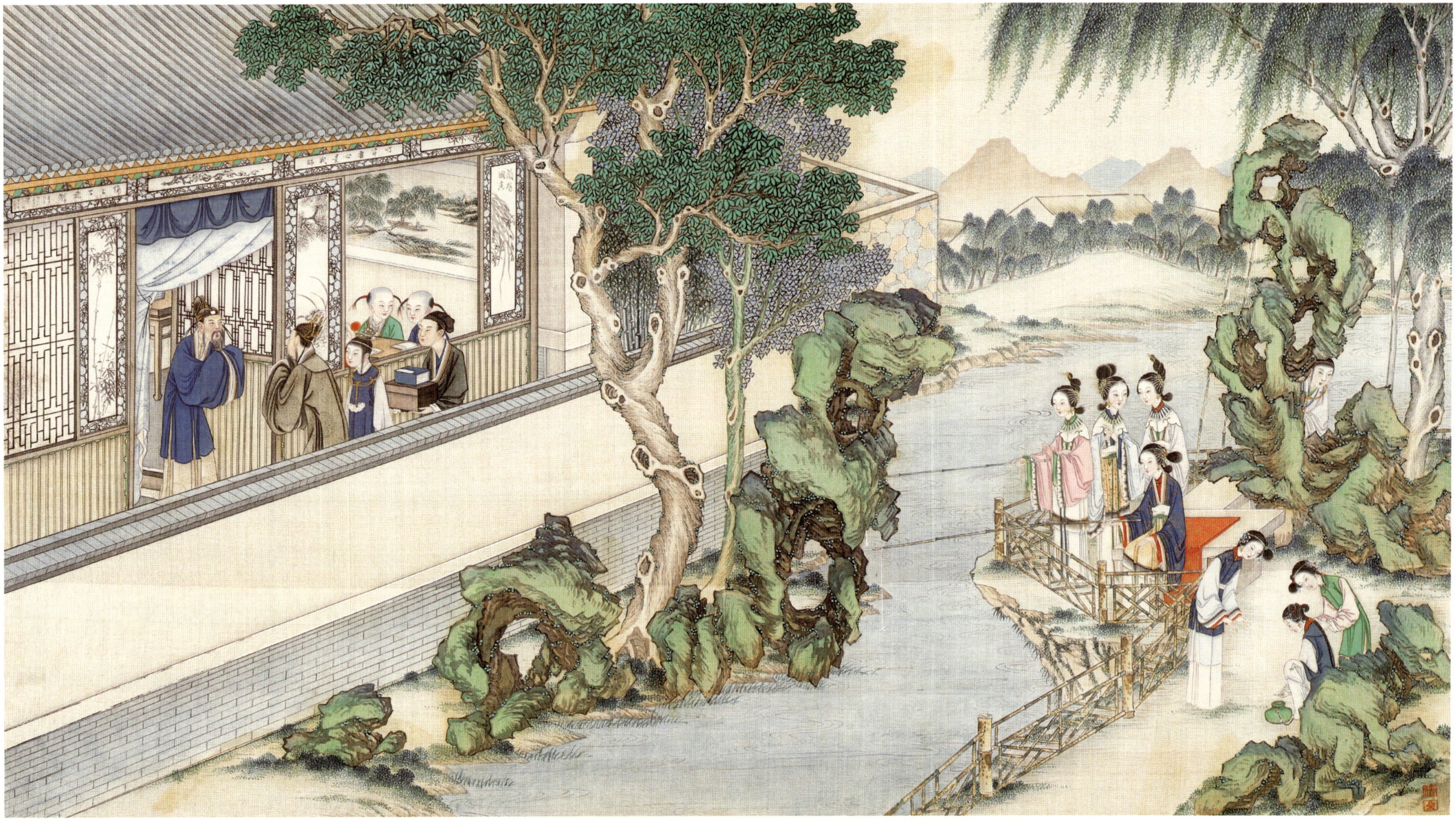

占旺相四美钓游鱼 奉严词两番入家塾

钤 润 齋 印

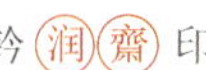

第八十一回

占旺相四美钓游鱼 奉严词两番入家塾

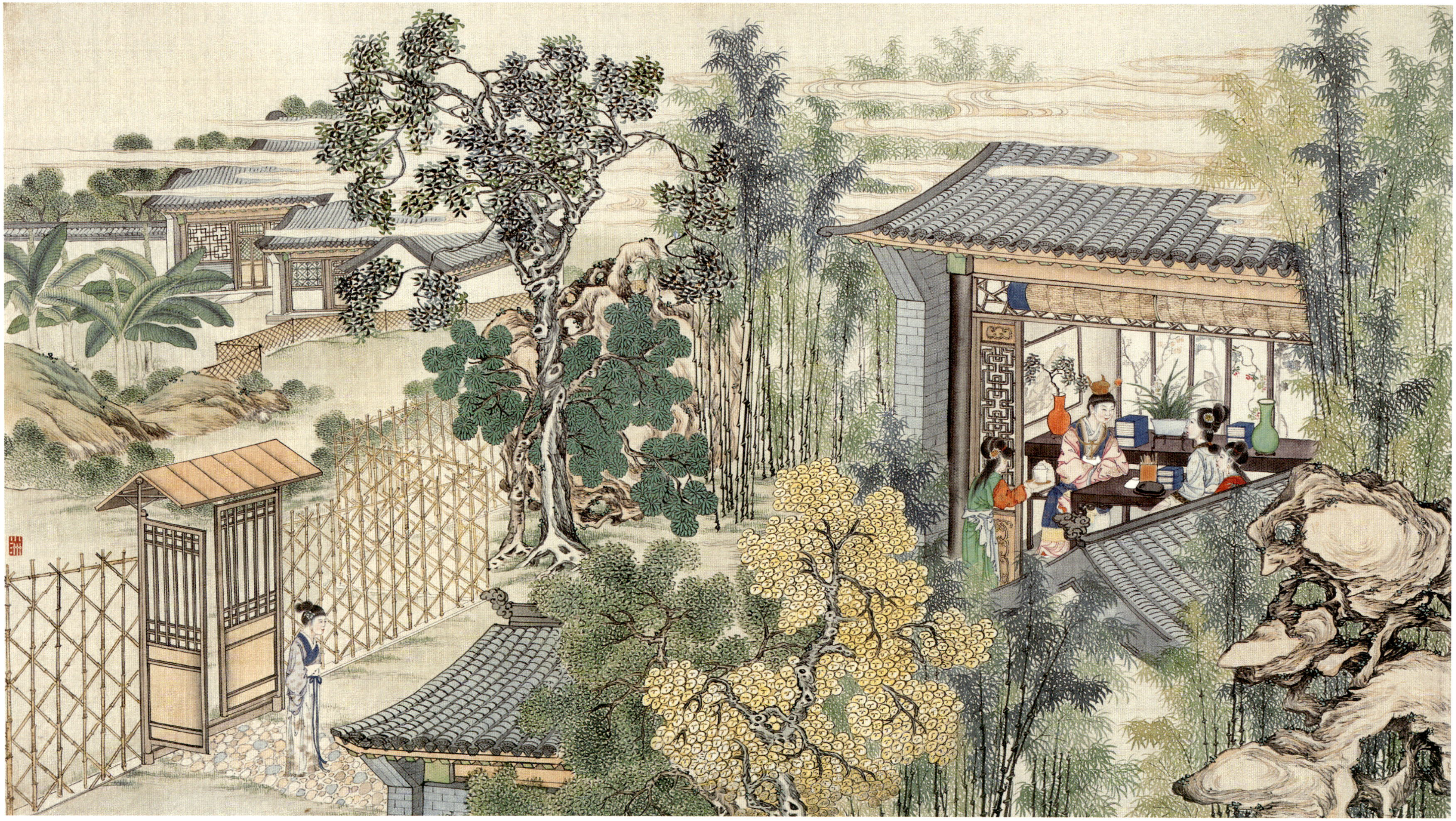

| 贾宝玉伤心述缘故 |

钤（小洲）印

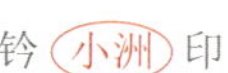

第八十二回

老学究讲义警顽心　病潇湘痴魂惊恶梦

老学究讲义警顽心

钤 小洲 印

第八十二回

老学究讲义警顽心 病潇湘痴魂惊恶梦

病潇湘痴魂惊恶梦

钤（允谟）印

第八十二回
老学究讲义警顽心 病潇湘痴魂惊恶梦

| 林黛玉病卧潇湘馆 |

钤 孙 小州 印

第八十二回

老学究讲义警顽心 病潇湘痴魂惊恶梦

| 王大夫诊脉潇湘馆 |

铃(允)(谟)印

第八十三回

省宫闱贾元妃染恙 闹闺阃薛宝钗吞声

省宫闱贾元妃染恙

钤 小洲 印

第八十三回
省宫闱贾元妃染恙 闹闺阃薛宝钗吞声

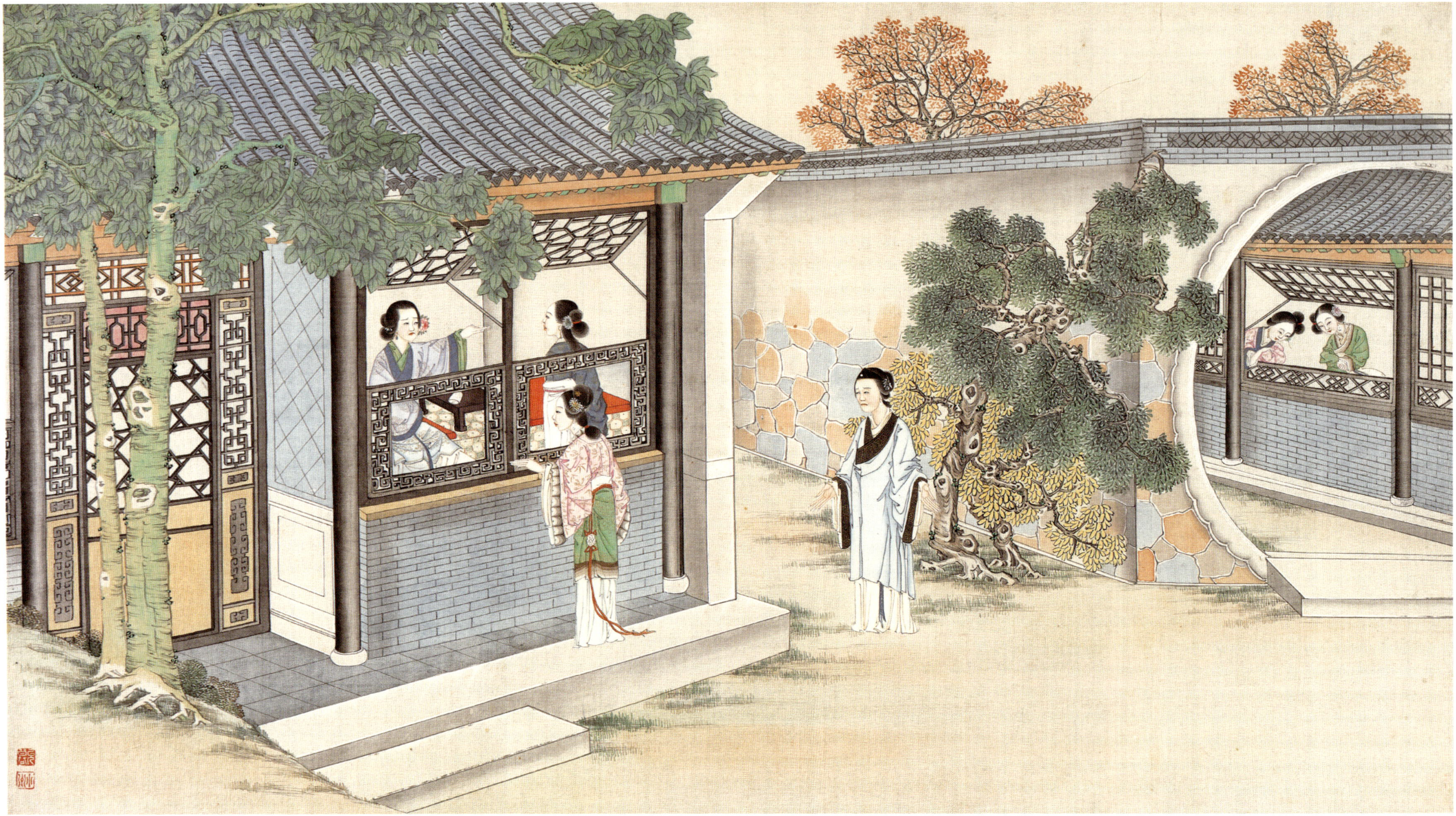

| 闹闺阃薛宝钗吞声 |

钤 允莫 小州 印

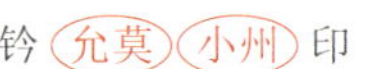

第八十四回

试文字宝玉始提亲 探惊风贾环重结怨

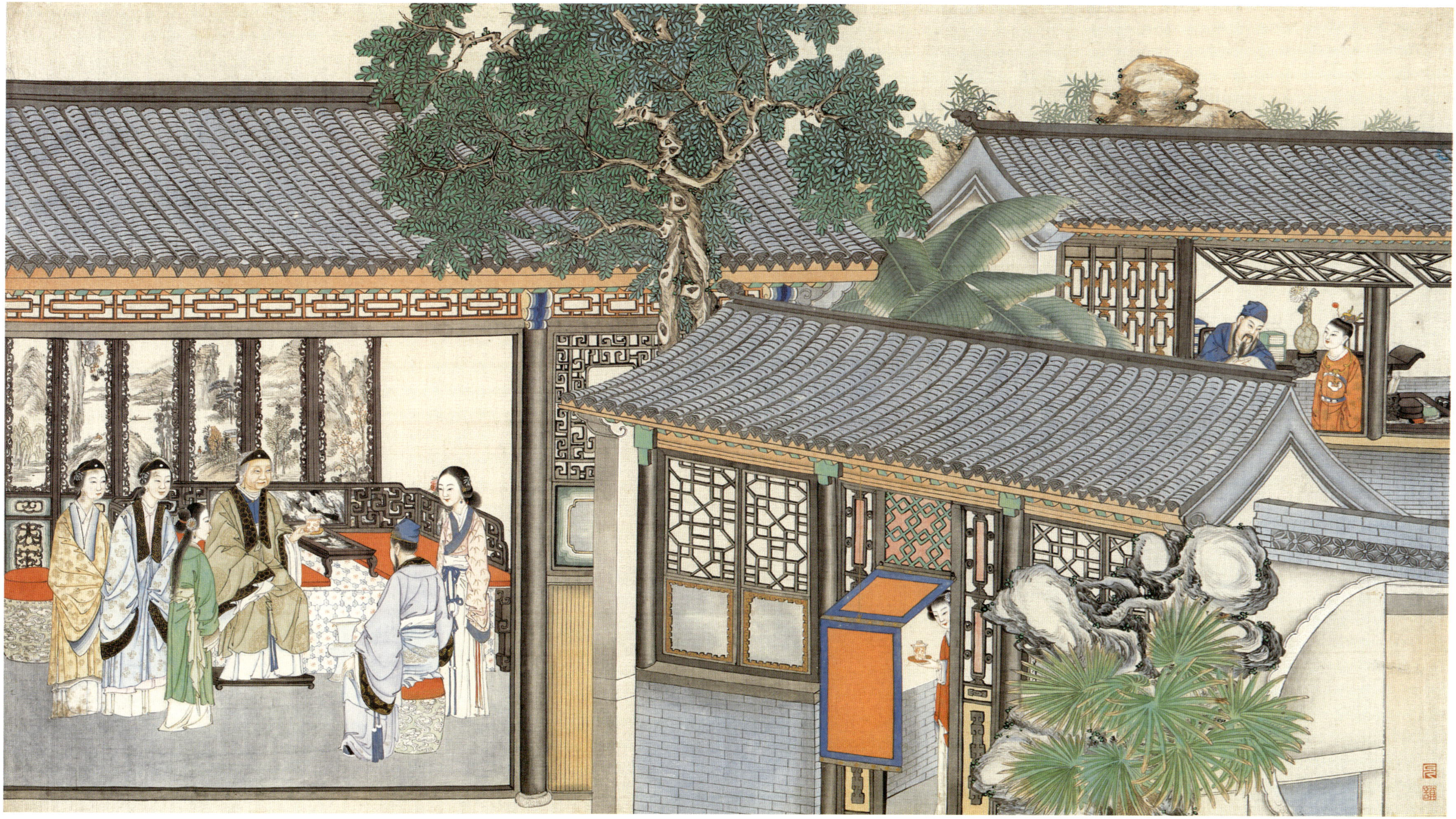

试文字宝玉始提亲

钤允谟印

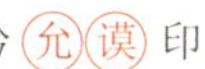

第八十四回

试文字宝玉始提亲 探惊风贾环重结怨

| 薛姨妈细言家中事 |

钤 孙 小州 印

第八十四回

试文字宝玉始提亲 探惊风贾环重结怨

| 探惊风贾环重结怨 |

钤 允谟 印

第八十五回

贾存周报升郎中任 薛文起复惹放流刑

贾宝玉贺寿北静王

钤允谟印

第八十五回

贾存周报升郎中任 薛文起复惹放流刑

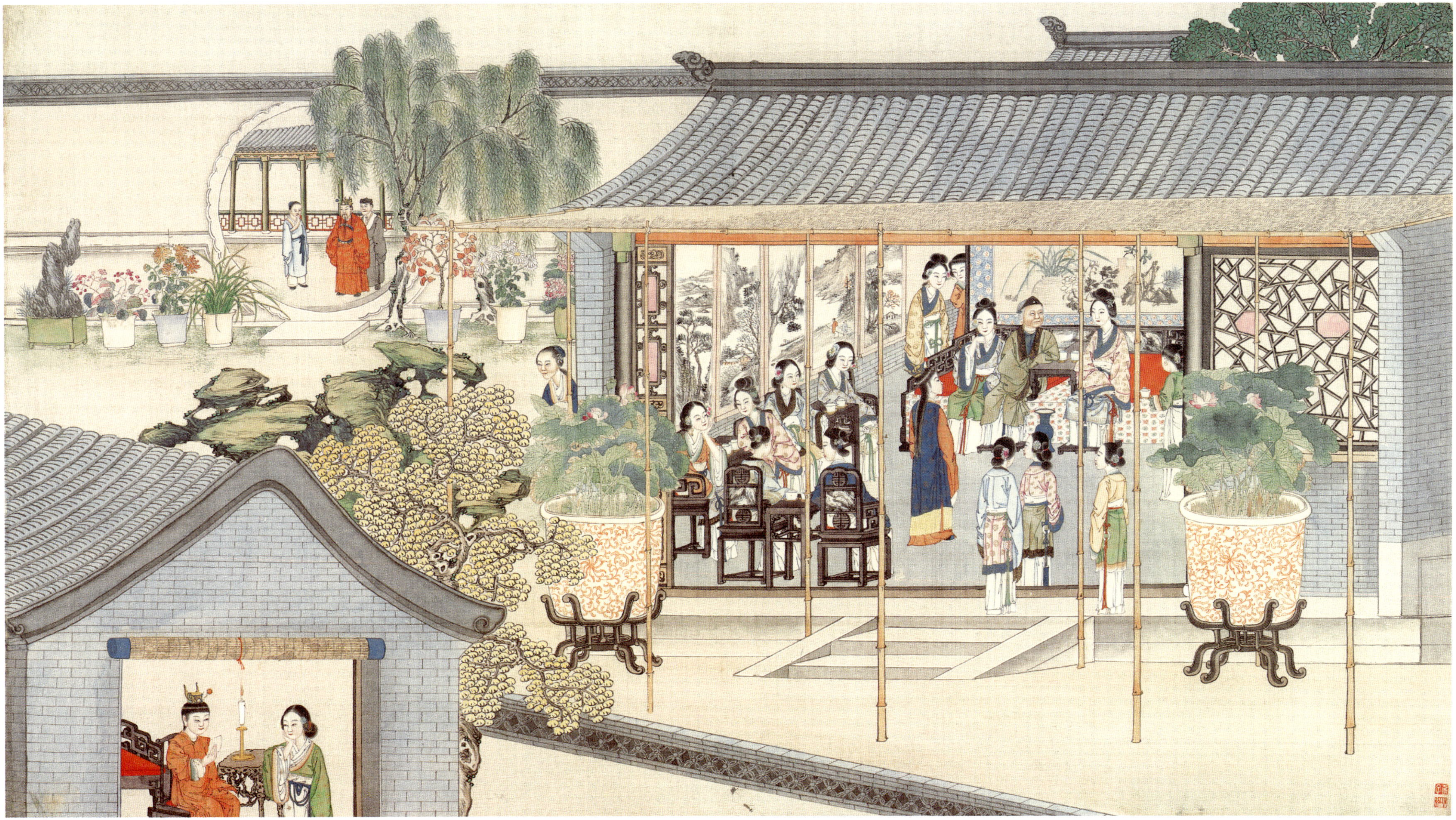

贾存周报升郎中任 贾芸送书宝玉忽怔

钤孙小州印

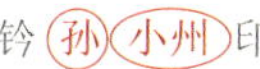

第八十五回

贾存周报升郎中任 薛文起复惹放流刑

贺升迁贾府开家宴

钤允谟印

第八十五回

贾存周报升郎中任　薛文起复惹放流刑

| 薛文起复惹放流刑 |

钤（小洲）印

第八十六回

受私贿老官翻案牍 寄闲情淑女解琴书

受私贿老官翻案牍

钤 孙 小州 印

第八十六回

受私贿老官翻案牍 寄闲情淑女解琴书

寄闲情淑女解琴书

铃 允 谟 印

第八十六回
受私贿老官翻案牍 寄闲情淑女解琴书

薛姨妈照看荣国府 睹旧物林潇湘伤怀

钤（孙）（小州）印

第八十七回

感秋声抚琴悲往事 坐禅寂走火入邪魔

感秋声抚琴悲往事

钤 允莫 小州 印

第八十七回

感秋声抚琴悲往事 坐禅寂走火入邪魔

| 坐禅寂走火入邪魔 |

钤（允谟）印

第八十八回

博庭欢宝玉赞孤儿 正家法贾珍鞭悍仆

| 因暗九抄写金刚经 博庭欢宝玉赞孤儿 |

钤 小洲 印

第八十八回

博庭欢宝玉赞孤儿 正家法贾珍鞭悍仆

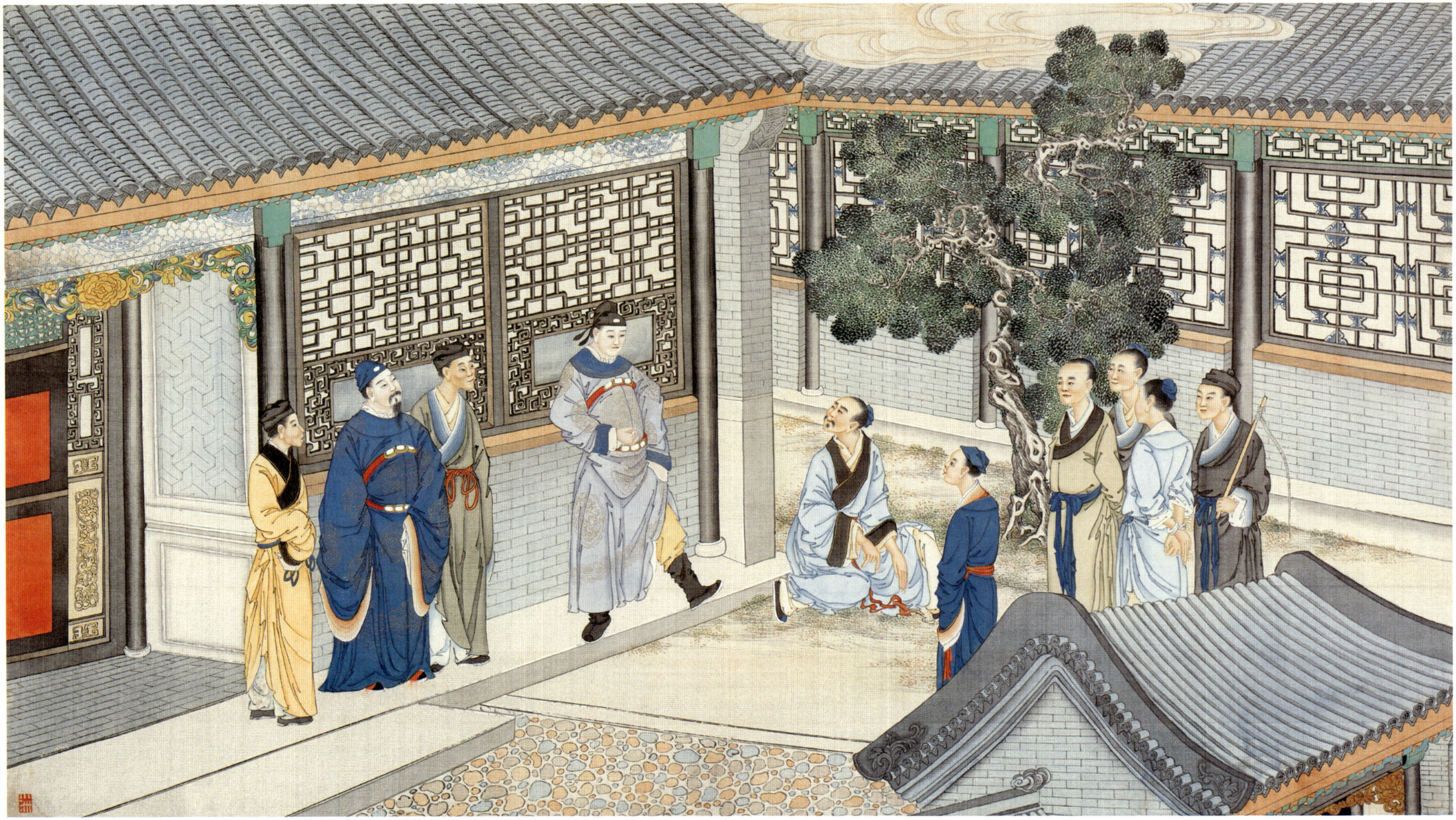

正家法贾珍鞭悍仆

钤印

第八十八回

博庭欢宝玉赞孤儿 正家法贾珍鞭悍仆

| 贾芸送礼求差凤姐 |

钤  允谟 印

第八十九回

人亡物在公子填词 蛇影杯弓颦卿绝粒

物在人亡心有所感

铃 允 谟 印

第八十九回

人亡物在公子填词 蛇影杯弓颦卿绝粒

人亡物在公子填词

钤 允 谟 印

第八十九回

人亡物在公子填词　蛇影杯弓颦卿绝粒

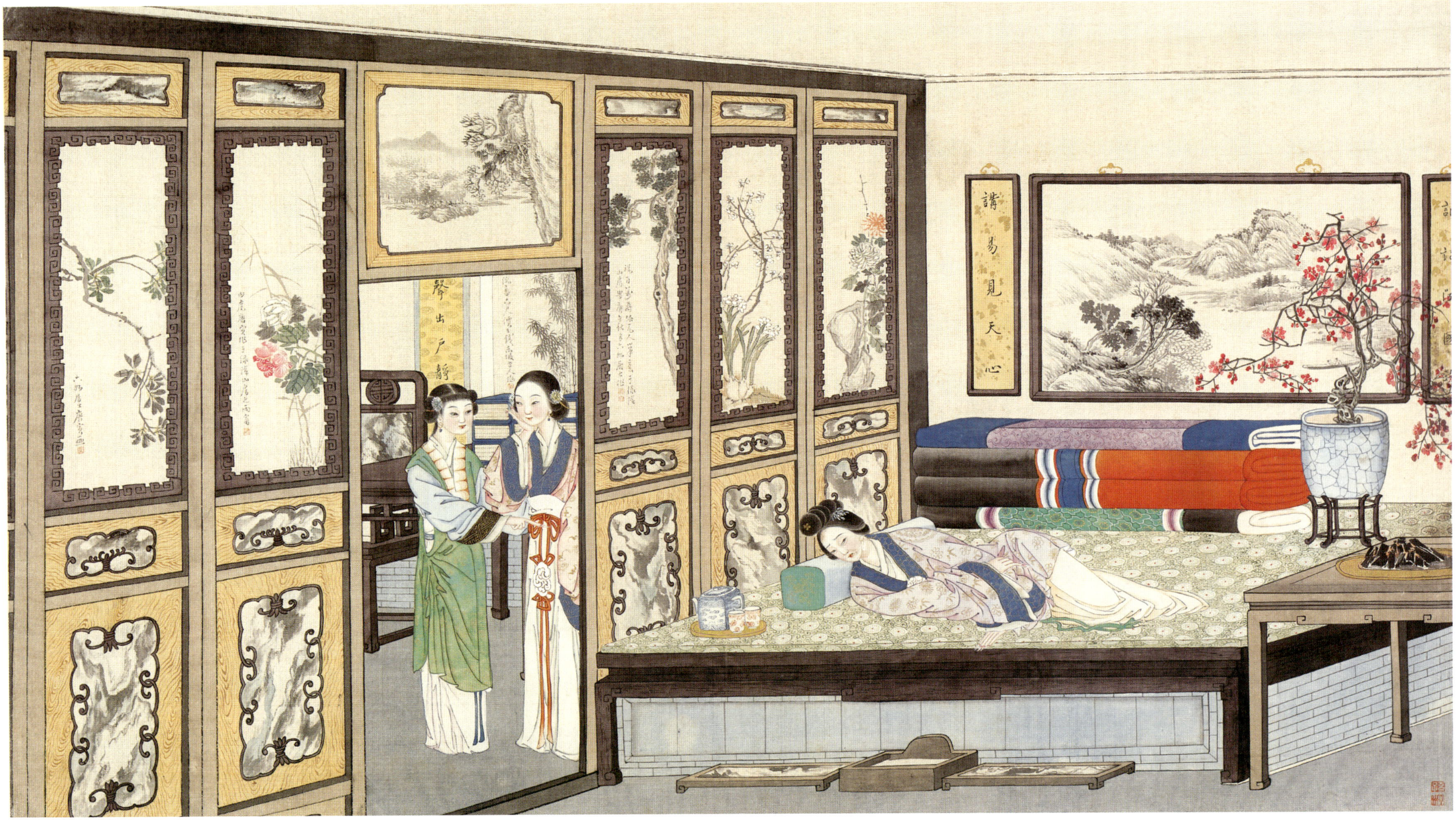

蛇影杯弓颦卿绝粒

钤孙小州印

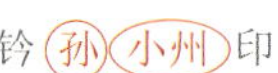

第九十回

失绵衣贫女耐嗷嘈 送果品小郎惊叵测

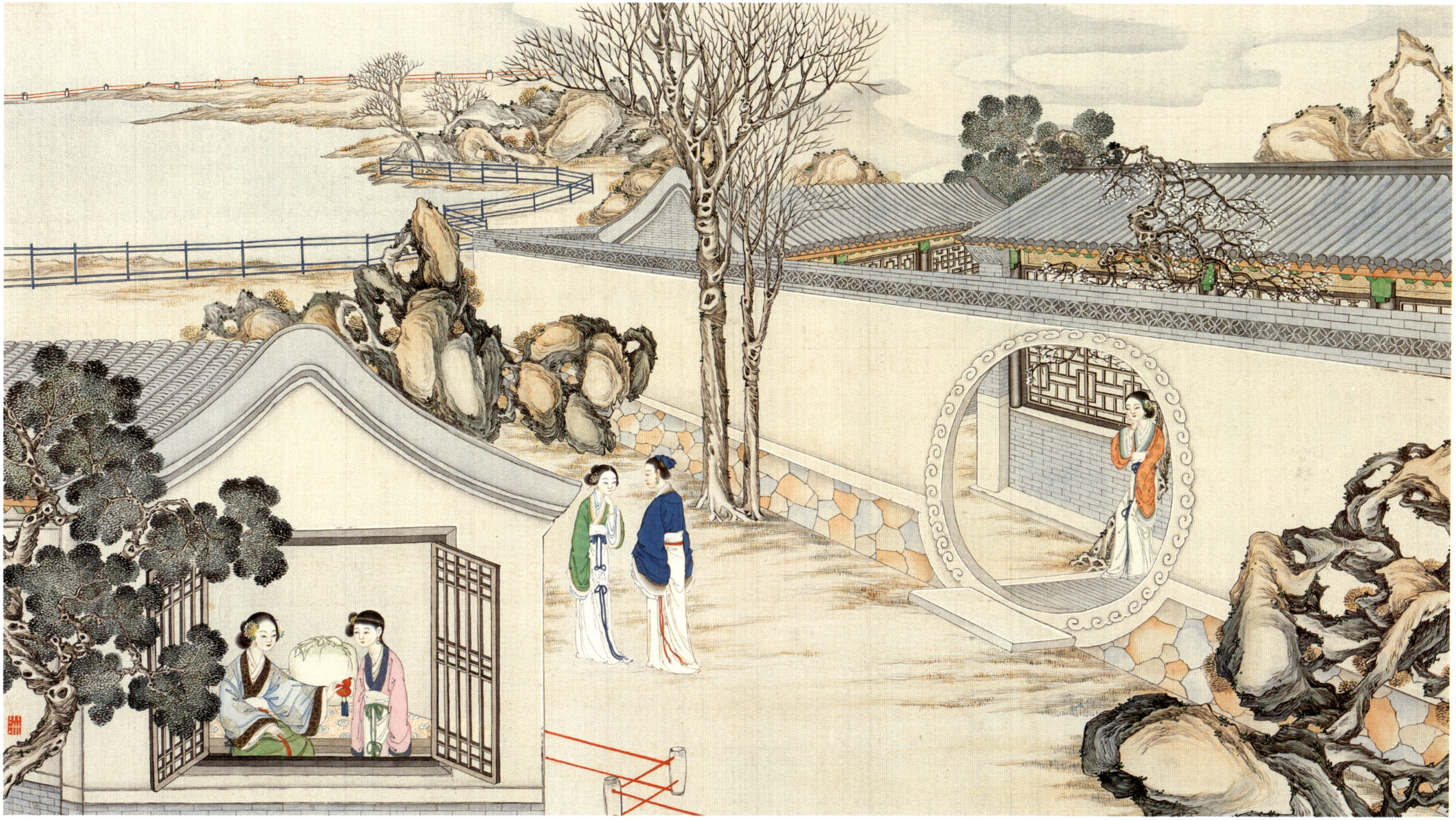

| 失绵衣贫女耐嗷嘈 |

钤 小洲 印

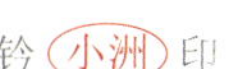

第九十回

失绵衣贫女耐嗷嘈 送果品小郎惊叵测

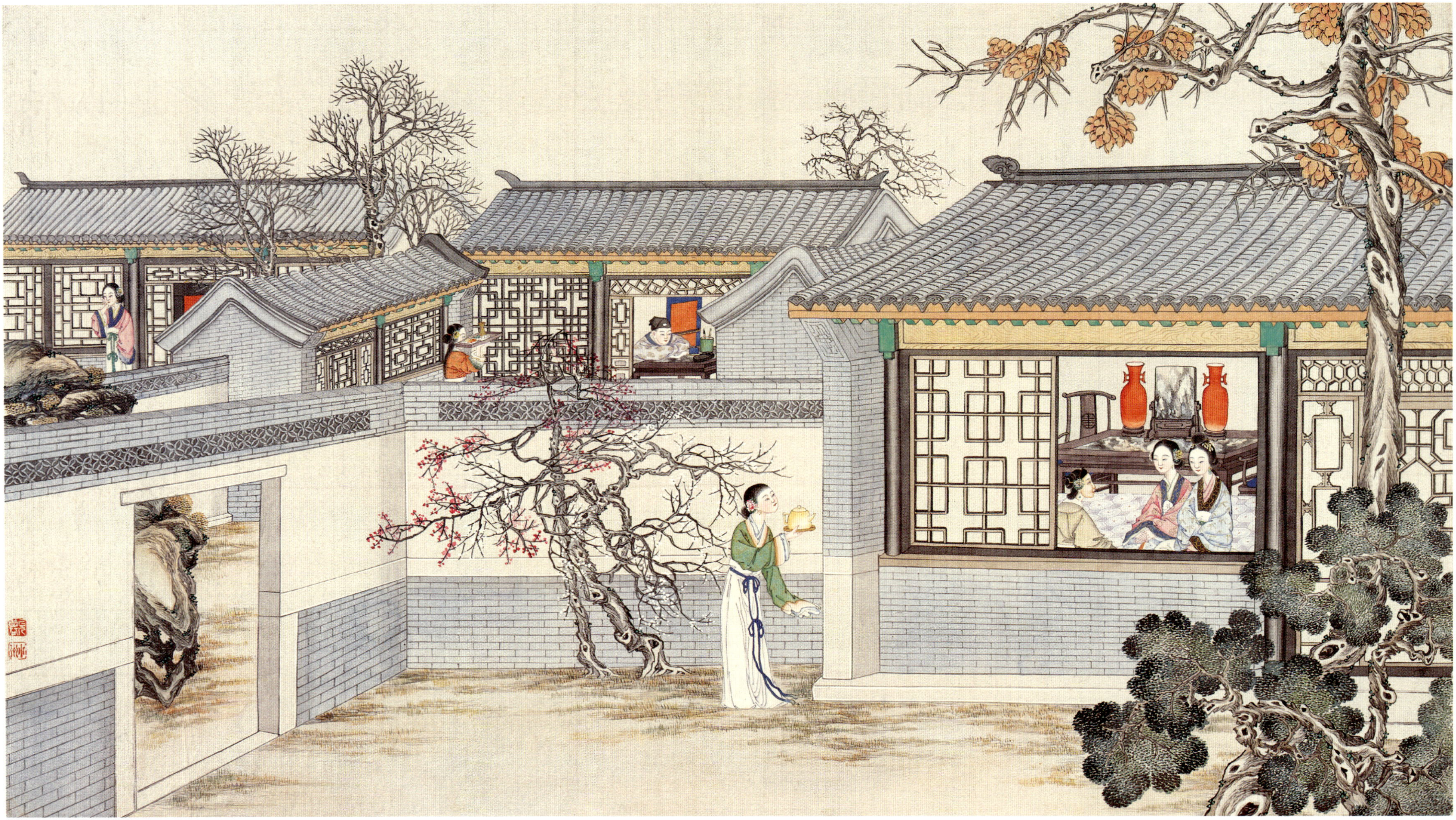

| 送果品小郎惊叵测 |

钤 允莫 小州 印

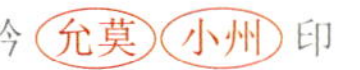

第九十一回

纵淫心宝蟾工设计 布疑阵宝玉妄谈禅

纵淫心宝蟾工设计

钤 允莫 小州 印

第九十一回

纵淫心宝蟾工设计 布疑阵宝玉妄谈禅

布疑阵宝玉妄谈禅 谈亲事宝玉正归来

钤 孙 小州 印

第九十二回

评女传巧姐慕贤良 玩母珠贾政参聚散

评女传巧姐慕贤良

钤孙小州印

第九十二回

评女传巧姐慕贤良 玩母珠贾政参聚散

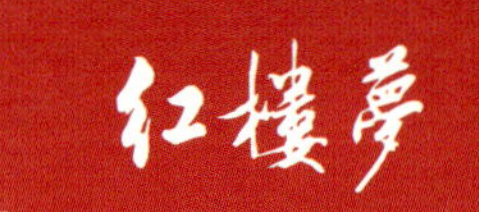

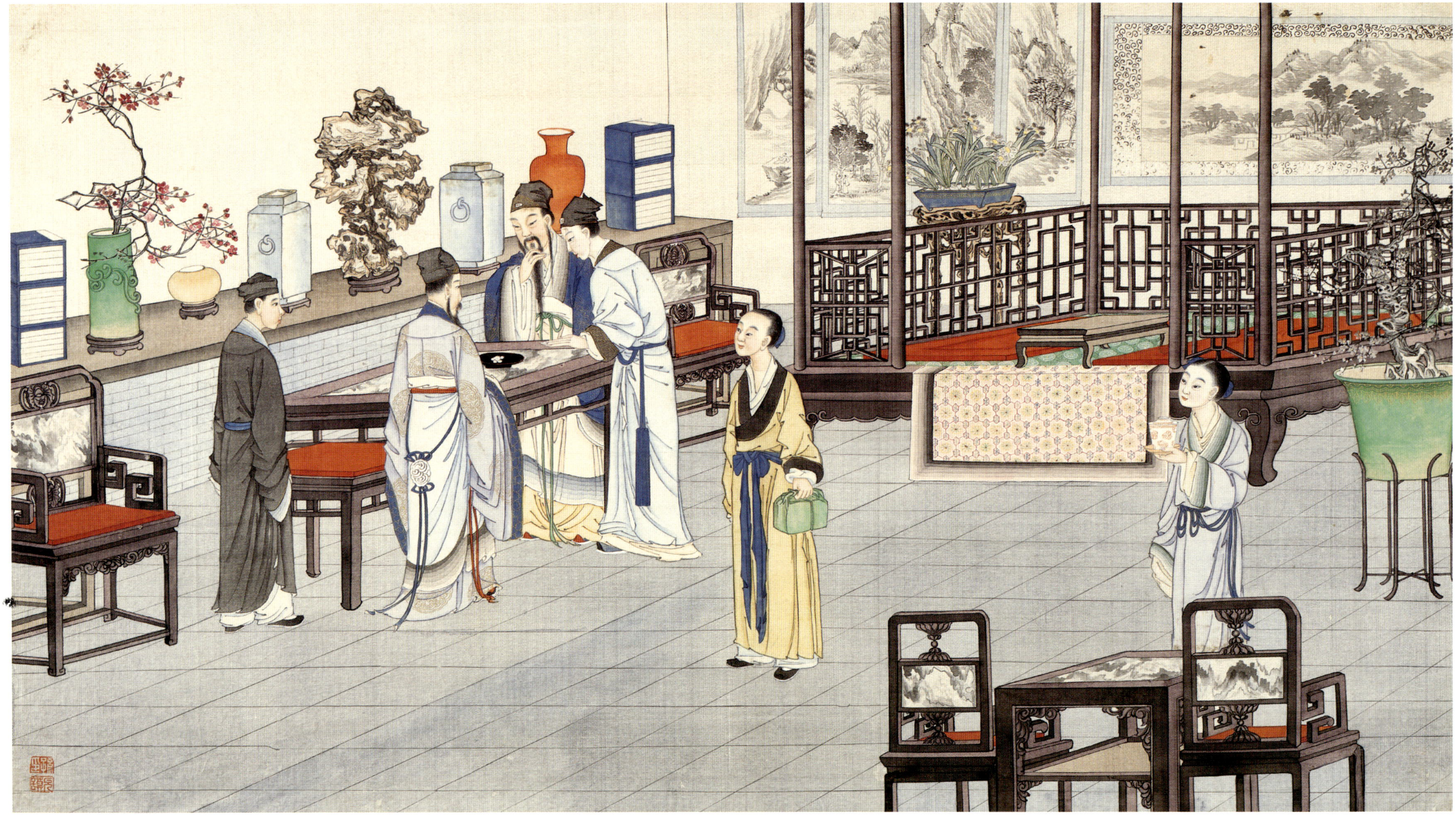

| 玩母珠贾政参聚散 |

钤（孙印）（允谟）印

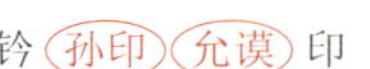

第九十三回

甄家仆投靠贾家门 水月庵掀翻风月案

甄家仆投靠贾家门

钤 允谟 印

第九十三回

甄家仆投靠贾家门 水月庵掀翻风月案

水月庵掀翻风月案

钤 孙 小州 印

第九十四回

宴海棠贾母赏花妖 失宝玉通灵知奇祸

| 宴海棠贾母赏花妖 |

钤 允 谟 印

第九十四回

宴海棠贾母赏花妖 失宝玉通灵知奇祸

| 失宝玉通灵知奇祸 |

钤 允莫 小州 印

第九十五回
因讹成实元妃薨逝 以假混真宝玉疯癫

| 邢岫烟求解栊翠庵 |

钤（孙）（小州）印

第九十五回

因讹成实元妃薨逝 以假混真宝玉疯癫

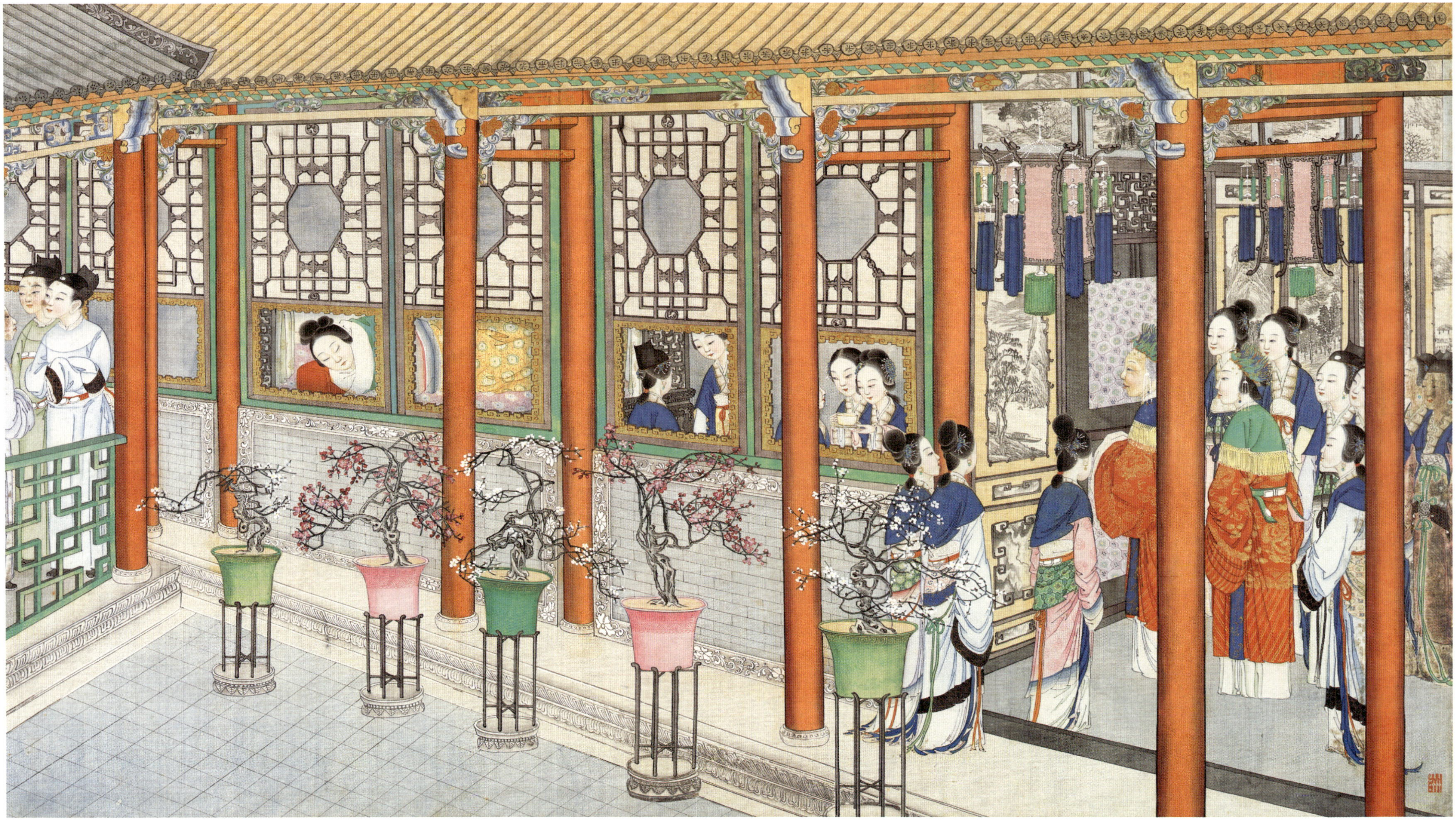

| 因讹成实元妃薨逝 |

铃 小洲 印

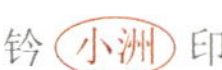

第九十五回

因讹成实元妃薨逝　以假混真宝玉疯癫

以假混真宝玉疯癫

钤孙小州印

第九十六回

瞒消息凤姐设奇谋 泄机关颦儿迷本性

瞒消息凤姐设奇谋

钤孙小州印

第九十六回

瞒消息凤姐设奇谋 泄机关颦儿迷本性

泄机关颦儿迷本性

钤（小洲）印

第九十七回

林黛玉焚稿断痴情 薛宝钗出闺成大礼

林黛玉焚稿断痴情

钤孙小州印

第九十七回

林黛玉焚稿断痴情 薛宝钗出闺成大礼

薛宝钗出闺成大礼

钤（小洲）印

第九十八回

苦绛珠魂归离恨天 病神瑛泪洒相思地

苦绛珠魂归离恨天

钤允谟印

第九十八回

苦绛珠魂归离恨天 病神瑛泪洒相思地

病神瑛泪洒相思地

钤 孙 小州 印

第九十九回

守官箴恶奴同破例 阅邸报老舅自担惊

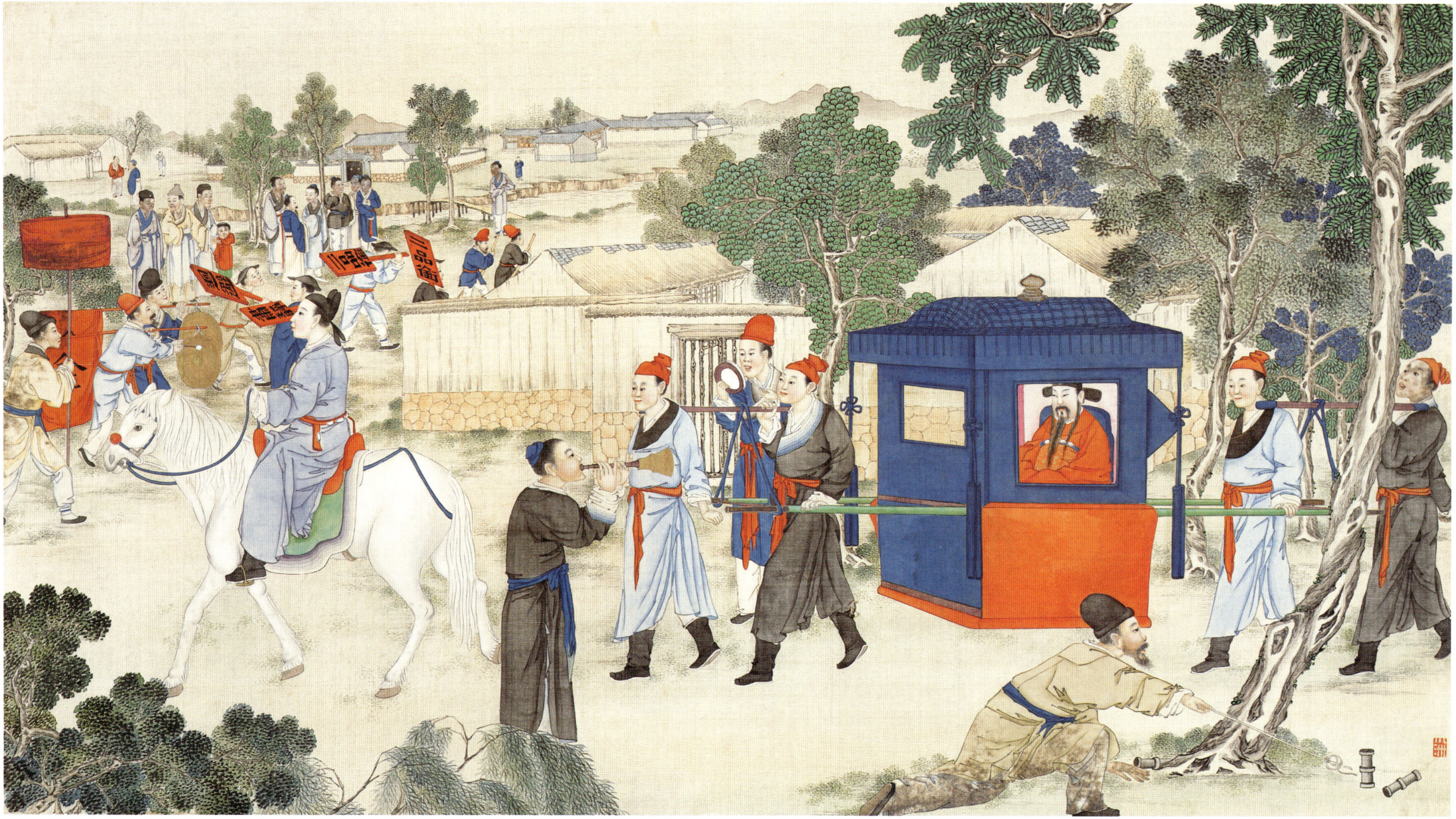

守官箴恶奴同破例

钤 小洲 印

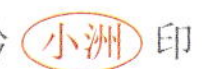

第九十九回

守官箴恶奴同破例 阅邸报老舅自担惊

| 阅邸报老舅自担惊 |

钤（孙）（小州）印

第一百回

破好事香菱结深恨 悲远嫁宝玉感离情

| 破好事香菱结深恨 |

钤（孙）（小州）印

第一百回

破好事香菱结深恨 悲远嫁宝玉感离情

悲远嫁宝玉感离情

钤 允谟 印

第一百一回

大观园月夜警幽魂 散花寺神签惊异兆

大观园月夜惊幽魂 散花寺神签惊异兆

第一百二回

宁国府骨肉病灾祲 大观园符水驱妖孽

宁国府骨肉病灾祲 大观园符水驱妖孽

第一百三回

施毒计金桂自焚身 昧真禅雨村空遇旧

| 施毒计金桂自焚身 |

第一百九回

候芳魂五儿承错爱 还孽债迎女返真元

| 贾政夫妇亲侍汤药 |

钤（孙温）印

第一百十回

史太君寿终归地府 王凤姐力诎失人心

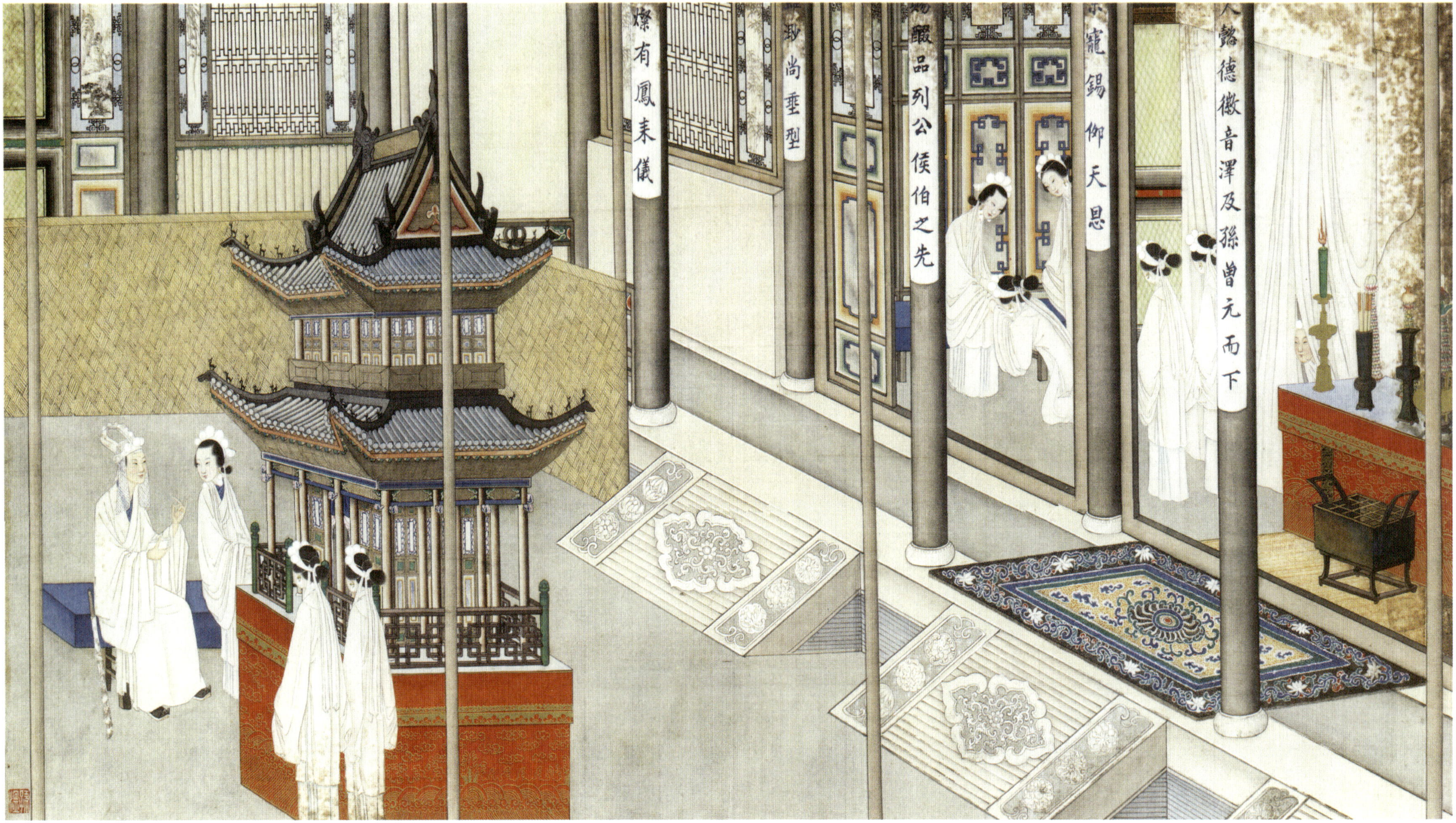

史太君寿终归地府

铃 孙温 印

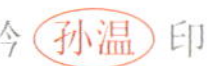

第一百十回

史太君寿终归地府 王凤姐力诎失人心

| 王凤姐力诎失人心 鸳鸯女殉主登太虚 |

钤 孙温 印

第一百十一回

鸳鸯女殉主登太虚 狗彘奴欺天招伙盗

| 狗彘奴欺天招伙盗 |

钤 孙温 印

第一百十一回

鸳鸯女殉主登太虚 狗彘奴欺天招伙盗

招强盗家奴受刑讯

钤 渼阳孙温 印

第一百十二回

活冤孽妙姑遭大劫 死雠仇赵妾赴冥曹

| 死雠仇赵妾赴冥曹 |

钤 润 斋 印

第一百十三回

忏宿冤凤姐托村妪 释旧憾情婢感痴郎

| 忏宿冤凤姐托村妪 |

钤（孙）（小州）印

第一百十三回

忏宿冤凤姐托村妪 释旧憾情婢感痴郎

释旧憾情婢感痴郎

铃孙小州印

第一百十四回

王熙凤历幻返金陵　甄应嘉蒙恩还玉阙

| 王凤姐历幻返金陵 |

钤 孙 小州 印

第一百十四回
王熙凤历幻返金陵 甄应嘉蒙恩还玉阙

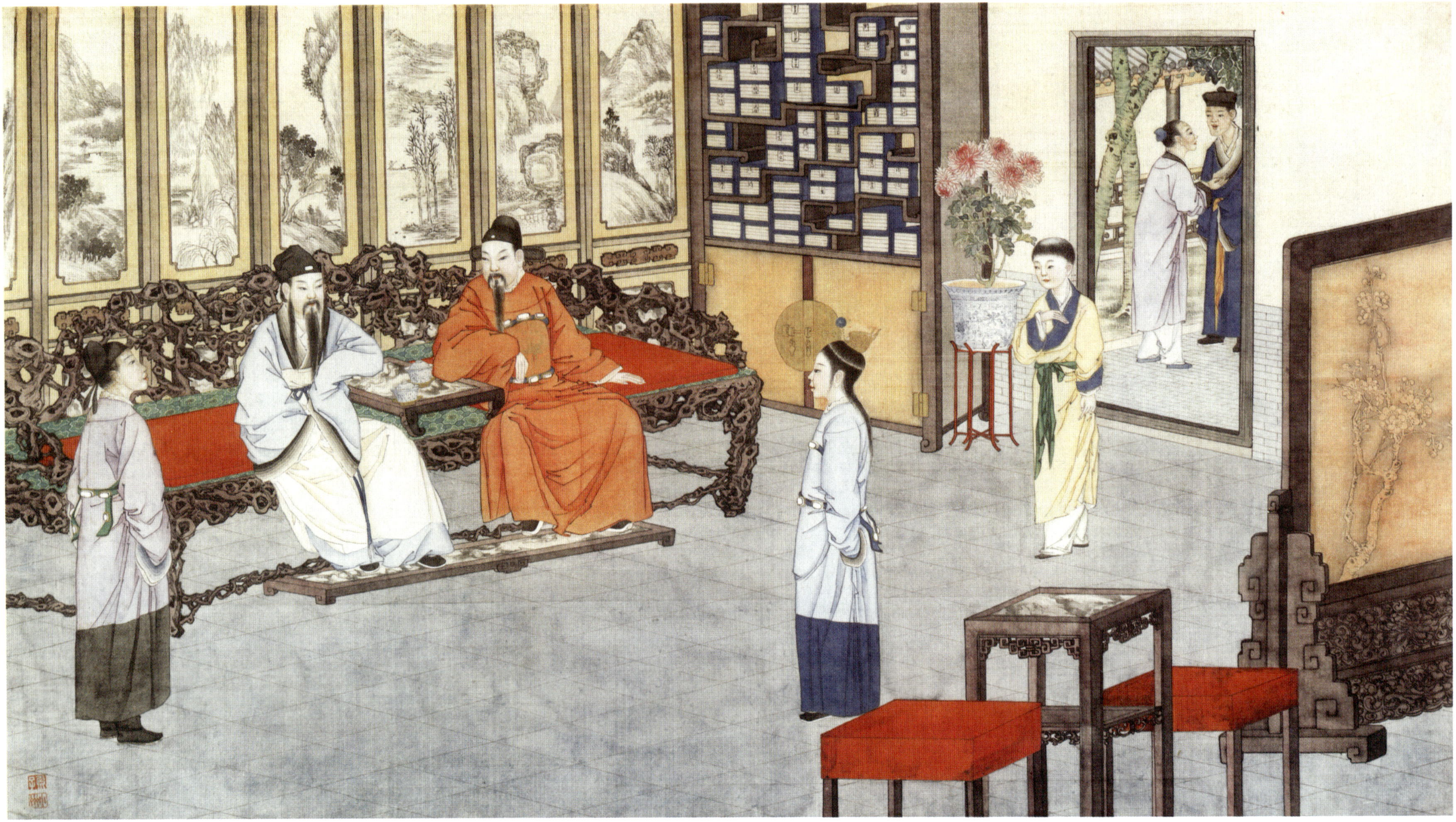

甄应嘉蒙恩还玉阙
钤孙小州印

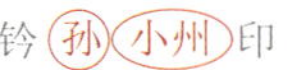

第一百十六回

得通灵幻境悟仙缘 送慈柩故乡全孝道

得通灵幻境悟仙缘

钤孙小州印

第一百十六回

得通灵幻境悟仙缘 送慈柩故乡全孝道

贾宝玉悟道明因果

钤 孙 小州 印

第一百十六回
得通灵幻境悟仙缘 送慈柩故乡全孝道

| 送慈柩故乡全孝道 |

钤（孙）（小州）印

第一百十七回

阻超凡佳人双护玉 欣聚党恶子独承家

| 阻超凡佳人双护玉 |

钤(孙)(小州)印

第一百十七回

阻超凡佳人双护玉 欣聚党恶子独承家

| 欣聚党恶子独承家 |

钤（孙）（小州）印

第一百十八回

记微嫌舅兄欺弱女 惊谜语妻妾谏痴人

记微嫌舅兄欺弱女 贾惜春决意寻出家

钤孙小州印

第一百十八回

记微嫌舅兄欺弱女 惊谜语妻妾谏痴人

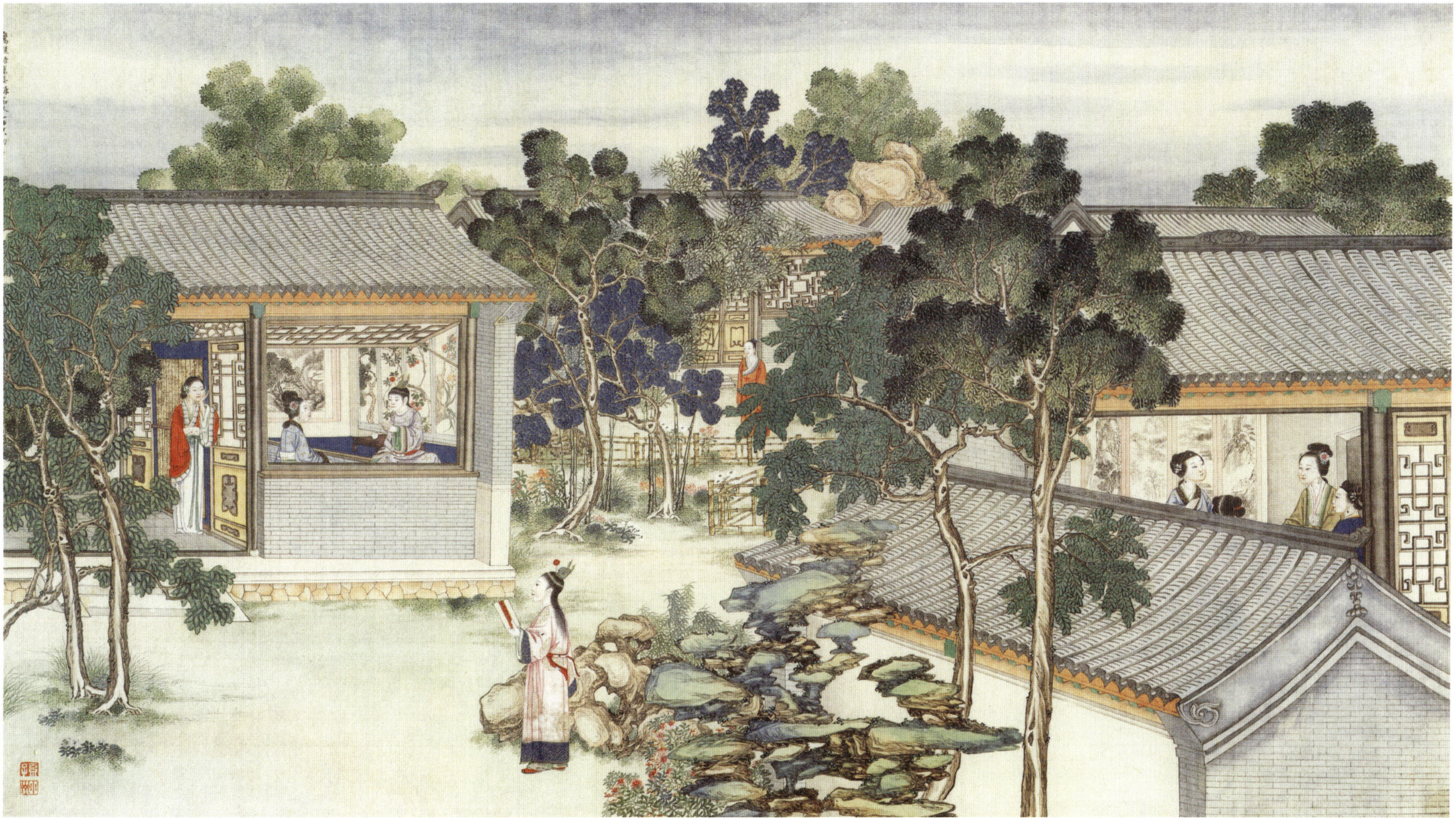

| 惊谜语妻妾谏痴人 |

钤孙小州印

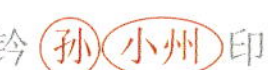

第一百十八回

记微嫌舅兄欺弱女 惊谜语妻妾谏痴人

做冥寿众人心宽慰

钤（孙）（小州）印

第一百十九回

中乡魁宝玉却尘缘 沐皇恩贾家延世泽

侯门女寄身村妪家

钤 孙 小州 印

第一百十九回

中乡魁宝玉却尘缘 沐皇恩贾家延世泽

| 怜孤女平儿托老妪 |

钤（孙）（小州）印

第一百十九回

中乡魁宝玉却尘缘 沐皇恩贾家延世泽

问官报宝玉中乡魁

钤 允谟 印

第一百二十回
甄士隐详说太虚情 贾雨村归结红楼梦

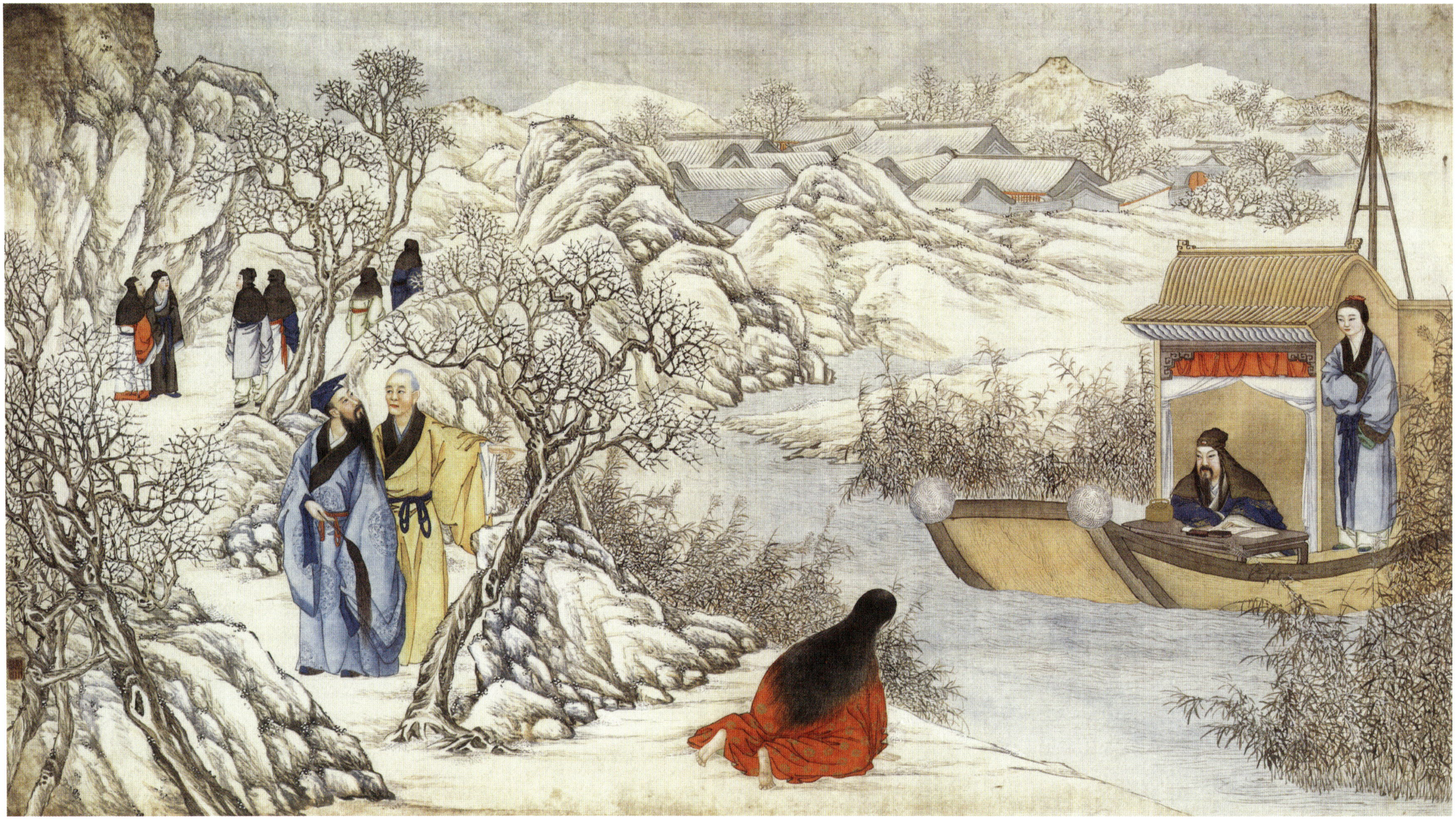

别父亲宝玉却尘缘

钤（小洲）印

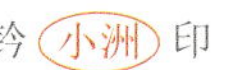

第一百二十回

甄士隐详说太虚情 贾雨村归结红楼梦

花袭人知有始有终 合家团圆悲喜交欢

铃允谟印

第一百二十回

甄士隐详说太虚情 贾雨村归结红楼梦

| 甄士隐详说太虚情 贾雨村归结红楼梦 |

钤 允莫 小州 印